鲁迅讲魏晋风度

鲁迅 著

百花洲文艺出版社
BAIHUAZHOU LITERATURE AND ART PRESS

图书在版编目（CIP）数据

鲁迅讲魏晋风度 / 鲁迅著. -- 南昌 : 百花洲文艺出版社，2021.1
（2023.9 重印）
ISBN 978-7-5500-3855-4

Ⅰ. ①鲁… Ⅱ. ①鲁… Ⅲ. ①鲁迅著作－选集 Ⅳ. ① I210.2

中国版本图书馆 CIP 数据核字（2020）第 197611 号

鲁迅讲魏晋风度

鲁迅 著

出 版 人 陈 波
责任编辑 胡青松
特约编辑 何 薇 叶青竹
书籍设计 刘昌凤
出版发行 百花洲文艺出版社
社 址 南昌市红谷滩世贸路 898 号博能中心一期 A 座 20 楼
邮 编 330038
经 销 全国新华书店
印 刷 北京众意鑫成科技有限公司
开 本 880mm×1230mm 1/32 印张 5.25
印 次 2021 年 1 月第 1 版
版 次 2023 年 9 月第 2 次印刷
字 数 99 千字
书 号 ISBN 978-7-5500-3855-4
定 价 59.80 元

赣版权登字 05-2020-173

邮购联系 0791-86895108
网 址 http://www.bhzwy.com

《大师讲堂》系列丛书
▶ 总序

/ 吴伯雄

梁启超说："学术思想之在一国，犹人之有精神也。"的确，学术的盛衰，关乎一个民族的精神气象与文化氛围。民国是一个动荡不安的时代，内忧外患，较之晚清，更为剧烈，中华民族几乎已经濒临亡国灭种的边缘。而就是在这样日月无光的民国时代，却涌现出了一批批大师，他们不但具有坚实的旧学基础，也具备超前的新学眼光。加之前代学术的遗产，西方思想的启发，古义今情，交相辉映，西学中学，融合创新。因此，民国是一个大师辈出的时代，梁启超、康有为、严复、王国维、鲁迅、胡适、冯友兰、余嘉锡、陈垣、钱穆、刘师培、马一孚、熊十力、顾颉刚、赵元任、汤用彤、刘文典、罗根泽……单是这一串串的人名，就足以使后来的学人心折骨惊，高山仰止。而他们在史学、哲学、文学、考古学、民俗学、教育学等各个领域所取得的成就，更是创造出了一个异彩纷呈的学术局面。

岁月如轮，大师已矣，我们已无法起大师于九原之下，领教大师们的学术文章。但是，"世无其人，归而求之吾书"（程子语）。

大师虽已远去，他们留下的皇皇巨著，却可以供后人时时研读。时时从中悬想其风采，吸取其力量，不断自勉，不断奋进。诚如古人所说："圣贤备黄卷中，舍此安求？"有鉴于此，我们从卷帙浩繁的民国大师著作当中，精心编选出版了这一套《大师讲堂》系列丛书，分辑印行，以飨读者。原书初版多为繁体字竖排，重新排版字体转换过程当中，难免会有鲁鱼亥豕之讹，还望读者不吝赐正。

吴伯雄，福建莆田人，1981年出生。2003年考入福建师范大学古代文学研究系，师从陈节教授。2006年获硕士学位。同年9月考入复旦大学中文系古代文学专业，师从王水照先生。2009年7月获博士学位。同年9月进入福建师范大学文学院古代文学教研室工作。推崇"博学而无所成名"。出版《论语择善》（九州出版社）、《四库全书总目选》（凤凰出版社）。

目录

魏晋风度及文章与药及酒之关系

——九月间在广州夏期学术演讲会讲——

我今天所讲的，就是黑板上写着的这样一个题目。

中国文学史，研究起来，可真不容易，研究古的，恨材料太少，研究今的，材料又太多，所以到现在，中国较完全的文学史尚未出现。今天讲的题目是文学史上的一部分，也是材料太少，研究起来很有困难的地方。因为我们想研究某一时代的文学，至少要知道作者的环境，经历和著作。

汉末魏初这个时代是很重要的时代，在文学方面起一个重大的变化，因当时正在黄巾和董卓大乱之后，而且又是党锢的纠纷之后，这时曹操出来了。——不过我们讲到曹操，很容易就联想起《三国志演义》，更而想起戏台上那一位花面的奸臣，但这不是观察曹操的真正方法。现在我们再看历史，在历史上的记载和论断有时也是极靠不住的，不能相信的地方很多，因为通常我们晓得，某朝的年代长一点，其中必定好人多；某朝的年代短一点，其中差不多没有好人。为什么呢？因为年代长了，做史的是本朝人，当然恭维本朝的人物，年代短了，做史的是别朝人，便很自由地贬斥其异朝的人物，所以在秦朝，差不多在史的记载上半个好人也没有。曹操在史上年代也是颇短的，自然也逃不了被后一朝人说坏话的公例。其实，曹操是一个很有本事的人，至少是一个英雄，我虽不是曹操一党，但无论如何，总是非常佩服他。

研究那时的文学，现在较为容易了，因为已经有人做过工作：在文集一方面有清严可均辑的《全上古三代秦汉三国晋南北朝文》。其中于此有用的，是《全汉文》《全三国文》《全晋文》。

在诗一方面有丁福保辑的《全汉三国晋南北朝诗》。——丁福保是做医生的，现在还在。

辑录关于这时代的文学评论有刘师培编的《中国中古文学史》。这本书是北大的讲义，刘先生已死，此书由北大出版。

上面三种书对于我们的研究有很大的帮助。能使我们看出这时代的文学的确有点异彩。

我今天所讲，倘若刘先生的书里已详的，我就略一点；反之，刘先生所略的，我就较详一点。

董卓之后，曹操专权。在他的统治之下，第一个特色便是尚刑名。他的立法是很严的，因为当大乱之后，大家都想做皇帝，大家都想叛乱，故曹操不能不如此。曹操曾自己说过：“倘无我，不知有多少人称王称帝！”这句话他倒并没有说谎。因此之故，影响到文章方面，成了清峻的风格。——就是文章要简约严明的意思。

此外还有一个特点，就是尚通脱。他为什么要尚通脱呢？自然也与当时的风气有莫大的关系。因为在党锢之祸以前，凡党中人都自命清流，不过讲“清”讲得太过，便成固执，所以在汉末，清流的举动有时便非常可笑了。

比方有一个有名的人，普通的人去拜访他，先要说几句话，倘这几句话说得不对，往往会遭倨傲的待遇，叫他坐到屋外去，甚而至于拒绝不见。

又如有一个人，他和他的姊夫是不对的，有一回他到姊姊那里去吃饭之后，便要将饭钱算回给姊姊。她不肯要，他就于出门之后，把那些钱扔在街上，算是付过了。

个人这样闹闹脾气还不要紧，若治国平天下也这样闹起执拗的脾气来，那还成甚么话？所以深知此弊的曹操要起来反对这种习气，力倡通脱。通脱即随便之意。此种提倡影响到文坛，便产生多量想说甚么便说甚么的文章。

更因思想通脱之后，废除固执，遂能充分容纳异端和外来的思想，故孔教以外的思想源源引入。

总括起来，我们可以说汉末魏初的文章是清峻，通脱。在曹操本身，也是一个改造文章的祖师，可惜他的文章传的很少。他胆子很大，文章从通脱得力不少，做文章时又没有顾忌，想写的便写出来。

所以曹操征求人才时也是这样说，不忠不孝不要紧，只要有才便可以。这又是别人所不敢说的。曹操做诗，竟说是“郑康成行酒伏地气绝”，他引出离当时不久的事实，这也是别人所不敢用的。还有一样，比方人死时，常常写点遗令，这是名人的一件极时髦的事。当时的遗令本有一定的格式，且多言身后当葬于何处何处，或葬于某某名人的墓旁；操独不然，他的遗令不但没有依着格式，内容竟讲到遗下的衣服和伎女怎样处置等问题。

陆机虽然评曰“贻尘谤于后王”，然而我想他无论如何是一个精明人，他自己能做文章，又有手段，把天下的方士文士统统搜罗起来，省得他们跑在外面给他捣乱。所以他帷幄里面，方士文士就特别地多。

孝文帝曹丕，以长子而承父业，篡汉而即帝位。他也是喜欢文章的。其弟曹植，还有明帝曹叡，都是喜欢文章的。不过到那个时候，于通脱之外，更加上华丽。丕著有《典论》，现已失散无全本，那里面说：“诗赋欲丽”“文以气为主”。《典论》的零零碎碎，在唐宋类书中；一篇整的《论文》，在《文选》中可以看见。

后来有一般人很不以他的见解为然。他说诗赋不必寓教训，反对当时那些寓训勉于诗赋的见解，用近代的文学眼光看来，曹丕的一个时代可说是“文学的自觉时代”，或如近代所说是为艺术而艺术（Art for Art's Sake）的一派。所以曹丕做的诗赋很好，更因他以“气”为主，故于华丽以外，加上壮大。归纳起来，汉末，魏初的文章，可说是：“清峻，通脱，华丽，壮大。”在文学的意见上，曹丕和曹植表面上似乎是不同的。曹丕说文章事可以留名声于千载；但子建却说文章小道，不足论的。据我的意见，子建大概是违心之论。这里有两个原因，第一，子建的文章做得好，一个人大概总是不满意自己所做而羡慕他人所为的，他的文章已经做得好，于是他便敢说文章是小道；第二，子建活动的目标在于政治方面，政治方面不甚得志，遂说文章是无用了。

曹操曹丕以外，还有下面的七个人：孔融，陈琳，王粲，徐幹，阮瑀，应玚，刘桢，都很能做文章，后来称为“建安七子”。七人的文章很少流传，现在我们很难判断；但，大概都不外是“慷慨”“华丽”罢。华丽即曹丕所主张，慷慨就因当天下大乱之际，亲戚朋友死于乱者特多，于是为文就不免带着悲凉，激昂和“慷慨”了。

七子之中，特别的是孔融，他专喜和曹操捣乱。曹丕《典论》里有论孔融的，因此他也被拉进“建安七子”一块儿去。其实不对，很两样的。不过在当时，他的名声可非常之大。孔融作文，喜用讥嘲的笔调，曹丕很不满意他。孔融的文章现在传的也很少，就他所有的看起来，我们可以瞧出他并不大对别人讥讽，只对曹操。比方操破袁氏兄弟，曹丕把袁熙的妻甄氏拿来，归了自己，孔融就写信给曹操，说当初武王伐纣，将妲己给了周公了。操问他的出典，他说，以今例古，大概那时也是这样的。又比方曹操要禁酒，说酒可以亡国，非禁不可，孔融又反对他，说也有以女人亡国的，何以不禁婚姻？

其实曹操也是喝酒的。我们看他的“何以解忧？惟有杜康”的诗句，就可以知道。为什么他的行为会和议论矛盾呢？此无他，因曹操是个办事人，所以不得不这样做；孔融是旁观的人，所以容易说些自由话。曹操见他屡屡反对自己，后来借故把他杀了。他杀孔融的罪状大概是不孝。因为孔融有下列的两个主张：

第一，孔融主张母亲和儿子的关系是如瓶之盛物一样，只要在瓶内把东西倒了出来，母亲和儿子的关系便算完了。第二，假使有天下饥荒的一个时候，有点食物，给父亲不给呢？孔融的答案是：倘若父亲是不好的，宁可给别人。——曹操想杀他，便不惜以这种主张为他不忠不孝的根据，把他杀了。倘若曹操在世，我们可以问他，当初求才时就说不忠不孝也不要紧，为何又以不孝之名杀人呢？然而事实上纵使曹操再生，也没人敢问他，我们倘若去问他，恐怕他把我们也杀了！

与孔融一同反对曹操的尚有一个祢衡，后来给黄祖杀掉的。祢衡的文章也不错，而且他和孔融早是“以气为主”来写文章的了。故在此我们又可知道，汉文慢慢壮大起来，是时代使然，非专靠曹操父子之功的。但华丽好看，却是曹丕提倡的功劳。

这样下去一直到明帝的时候，文章上起了个重大的变化，因为出了一个何晏。

何晏的名声很大，位置也很高，他喜欢研究《老子》和《易经》。至于他是怎样的一个人呢？那真相现在可很难知道，很难调查。因为他是曹氏一派的人，司马氏很讨厌他，所以他们的记载对何晏大不满。因此产生许多传说，有人说何晏的脸上是搽粉的，又有人说他本来生得白，不是搽粉的。但究竟何晏搽粉不搽粉呢？我也不知道。

但何晏有两件事我们是知道的。第一，他喜欢空谈，是空谈的祖师；第二，他喜欢吃药，是吃药的祖师。

此外，他也喜欢谈名理。他身子不好，因此不能不服药。他吃的不是寻常的药，是一种名叫“五石散”的药。

“五石散”是一种毒药，是何晏吃开头的。汉时，大家还不敢吃，何晏或者将药方略加改变，便吃开头了。五石散的基本，大概是五样药：石钟乳，石硫黄，白石英，紫石英，赤石脂；另外怕还配点别样的药。但现在也不必细细研究它，我想各位都是不想吃它的。

从书上看起来，这种药是很好的，人吃了能转弱为强。因此之故，何晏有钱，他吃起来了；大家也跟着吃。那时五石散的流毒就同清末的鸦片的流毒差不多，看吃药与否以分阔气与否的。现在由隋巢元方做的《诸病源候论》的里面可以看到一些。据此书，可知吃这药是非常麻烦的，穷人不能吃，假使吃了之后，一不小心，就会毒死。先吃下去的时候，倒不怎样的，后来药的效验既显，名曰“散发”。倘若没有“散发”，就有弊而无利。因此吃了之后不能休息，非走路不可，因走路才能“散发”，所以走路名曰“行散”。比方我们看六朝人的诗，有云“至城东行散”，就是此意。后来做诗的人不知其故，以为“行散”即步行之意，所以不服药也以“行散”二字入诗，这是很笑话的。

走了之后，全身发烧，发烧之后又发冷。普通发冷宜多穿衣，吃热的东西。但吃药后的发冷刚刚要相反：衣少，冷食，以冷水浇身。倘穿衣多而食热物，那就非死不可。因此五石散一名寒食散。

只有一样不必冷吃的，就是酒。

吃了散之后，衣服要脱掉，用冷水浇身；吃冷东西；饮热酒。这样看起来，五石散吃的人多，穿厚衣的人就少；比方在广东提倡，一年以后，穿西装的人就没有了。因为皮肉发烧之故，不能穿窄衣。为豫防皮肤被衣服擦伤，就非穿宽大的衣服不可。现在有许多人以为晋人轻裘缓带，宽衣，在当时是人们高逸的表现，其实不知他们是吃药的缘故。一班名人都吃药，穿的衣都宽大，于是不吃药的也跟着名人，把衣服宽大起来了！

还有，吃药之后，因皮肤易于磨破，穿鞋也不方便，故不穿鞋袜而穿屐。所以我们看晋人的画像或那时的文章，见他衣服宽大，不鞋而屐，以为他一定是很舒服，很飘逸的了，其实他心里都是很苦的。

更因皮肤易破，不能穿新的而宜于穿旧的，衣服便不能常洗。因不洗，便多虱。所以在文章上，虱子的地位很高，“扪虱而谈”，当时竟传为美事。比方我今天在这里演讲的时候，扪起虱来，那是不大好的。但在那时不要紧，因为习惯不同之故。这正如清朝是提倡抽大烟的，我们看见两肩高耸的人，不觉得奇怪。现在就不行了，倘若多数学生，他的肩成为一字样，我们就觉得很奇怪了。

此外可见服散的情形及其他种种的书，还有葛洪的《抱朴子》。

到东晋以后，作假的人就很多，在街旁睡倒，说是“散发”以示阔气。就像清时尊读书，就有人以墨涂唇，表示他是刚才写了许多字的样子。故我想，衣大，穿屐，散发等等，后来效之，不吃也学起来，与理论的提倡实在是无关的。

又因“散发”之时，不能肚饿，所以吃冷物，而且要赶快吃，不论时候，一日数次也不可定。因此影响到晋时“居丧无礼”。——本来魏晋时，对于父母之礼是很繁多的。比方想去访一个人，那么，在未访之前，必先打听他父母及其祖父母的名字，以便避讳。否则，嘴上一说出这个字音，假如他的父母是死了的，主人便会大哭起来——他记得父母了——给你一个大大的没趣。晋礼居丧之时，也要瘦，不多吃饭，不准喝酒。但在吃药之后，为生命计，不能管得许多，只好大嚼，所以就变成“居丧无礼”了。

居丧之际，饮酒食肉，由阔人名流倡之，万民皆从之，因为这个缘故，社会上遂尊称这样的人叫作名士派。

吃散发源于何晏，和他同志的，有王弼和夏侯玄两个人，与晏同为服药的祖师。有他三人提倡，有多人跟着走。他们三人多是会做文章，除了夏侯玄的作品流传不多外，王何二人现在我们尚能看到他们的文章。他们都是生于正始的，所以又名曰“正始名士”。但这种习惯的末流，是只会吃药，或竟假装吃药，而不会做文章。

东晋以后，不做文章而流为清谈，由《世说新语》一书里可以看到。此中空论多而文章少，比较他们三个差得远了。三人中王弼二十余岁便死了，夏侯何二人皆为司马懿所杀。因为他二人同曹操有关系，非死不可，犹曹操之杀孔融，也是借不孝做罪名的。

二人死后，论者多因其与魏有关而骂他，其实何晏值得骂的就是因为他是吃药的发起人。这种服散的风气，魏，晋，直到隋，唐还存在着，因为唐时还有“解散方”，即解五石散的药方，可以证明还有人吃，不过少点罢了。唐以后就没有人吃，其原因尚未详，大概因其弊多利少，和鸦片一样罢？

晋名人皇甫谧作一书曰《高士传》，我们以为他很高超。但他是服散的，曾有一篇文章，自说吃散之苦。因为药性一发，稍不留心，即会丧命，至少也会受非常的苦痛，或要发狂；本来聪明的人，因此也会变成痴呆。所以非深知药性，会解救，而且家里的人多深知药性不可。晋朝人多是脾气很坏，高傲，发狂，性暴如火的，大约便是服药的缘故。比方有苍蝇扰他，竟至拔剑追赶；就是说话，也要胡胡涂涂地才好，有时简直是近于发疯。但在晋朝更有以痴为好的，这大概也是服药的缘故。

魏末，何晏他们以外，又有一个团体新起，叫做“竹林名士”，也是七个，所以又称“竹林七贤”。正始名士服药，竹林名士饮酒。竹林的代表是嵇康和阮籍。但究竟竹林名士不纯粹是喝酒的，嵇康也兼服药，而阮籍则是专喝酒的代表。但嵇康也饮酒，刘伶也是这里面的一个。他们七人中差不多都是反抗旧礼教的。

这七人中，脾气各有不同。嵇阮二人的脾气都很大；阮籍老年时改得很好，嵇康就始终都是极坏的。

阮年青时，对于访他的人有加以青眼和白眼的分别。白眼大概是全然看不见眸子的，恐怕要练习很久才能够。青眼我会装，白眼我却装不好。

后来阮籍竟做到“口不臧否人物”的地步，嵇康却全不改变。

结果阮得终其天年，而嵇竟丧于司马氏之手，与孔融何晏等一样，遭了不幸的杀害。这大概是因为吃药和吃酒之分的缘故：吃药可以成仙，仙是可以骄视俗人的；饮酒不会成仙，所以敷衍了事。

他们的态度，大抵是饮酒时衣服不穿，帽也不带。若在平时，有这种状态，我们就说无礼，但他们就不同。居丧时不一定按例哭泣；子之于父，是不能提父的名，但在竹林名士一流人中，子都会叫父的名号。旧传下来的礼教，竹林名士是不承认的。即如刘伶——他曾做过一篇《酒德颂》，谁都知道——他是不承认世界上从前规定的道理的，曾经有这样的事，有一次有客见他，他不穿衣服。人责问他；他答人说，天地是我的房屋，房屋就是我的衣服，你们为什么进我的裤子中来？至于阮籍，就更甚了，他连上下古今也不承认，在《大人先生传》里有说："天地解兮六合开，星辰陨兮日月颓，我腾而上将何怀？"他的意思是天地神仙，都是无意义，一切都不要，所以他觉得世上的道理不必争，神仙也不足信，既然一切都是虚无，所以他便沉湎于酒了。然而他还有一个原因，就是他的饮酒不独由于他的思想，大半倒在环境。其时司马氏已想篡位，而阮籍名声很大，所以他讲话就极难，只好多饮酒，少讲话，而且即使讲话讲错了，也可以借醉得到人的原谅。只要看有一次司马懿求和阮籍结亲，而阮籍一醉就是两个月，没有提出的机会，就可以知道了。

阮籍作文章和诗都很好，他的诗文虽然也慷慨激昂，但许多意思都是隐而不显的。宋的颜延之已经说不大能懂，我们现在自然更很难看得懂他的诗了。他诗里也说神仙，但他其实是不相信的。嵇康的论文，比阮籍更好，思想新颖，往往与古时旧说反对。孔子说："学而时习之，不亦说乎？"嵇康做的《难自然好学论》，却道，人是并不好学的，假如一个人可以不做事而又有饭吃，就随便闲游不喜欢读书了，所以现在人之好学，是由于习惯和不得已。还有管叔蔡叔，是疑心周公，率殷民叛，因而被诛，一向公认为坏人的。而嵇康做的《管蔡论》，就也反对历代传下来的意思，说这两个人是忠臣，他们的怀疑周公，是因为地方相距太远，消息不灵通。

但最引起许多人的注意，而且于生命有危险的，是《与山巨源绝交书》中的"非汤武而薄周孔"。司马懿因这篇文章，就将嵇康杀了。非薄了汤武周孔，在现时代是不要紧的，但在当时却关系非小。汤武是以武定天下的；周公是辅成王的；孔子是祖述尧舜，而尧舜是禅让天下的。嵇康都说不好，那么，教司马懿篡位的时候，怎么办才是好呢？没有办法。在这一点上，嵇康于司马氏的办事上有了直接的影响，因此就非死不可了。嵇康的见杀，是因为他的朋友吕安不孝，连及嵇康，罪案和曹操的杀孔融差不多。魏晋，是以孝治天下的，不孝，故不能不杀。为什么要以孝治天下呢？因为天位从禅让，即巧取豪夺而来，若主张以忠治天下，他们的立脚点便不稳，办事便棘手，立论也难了，所以一定要以孝治天下。但倘只是实行不孝，其实那时倒不很要紧的，嵇康的害处是在发议论；阮籍不同，不大说关于伦理上的话，所以结局也不同。

但魏晋也不全是这样的情形，宽袍大袖，大家饮酒。反对的也很多。在文章上我们还可以看见裴頠的《崇有论》，孙盛的《老子非大贤论》，这些都是反对王何们的。在史实上，则何曾劝司马懿杀阮籍有好几回，司马懿不听他的话，这是因为阮籍的饮酒，与时局的关系少些的缘故。

然而后人就将嵇康阮籍骂起来，人云亦云，一直到现在，一千六百多年。季札说："中国之君子，明于礼义而陋于知人心。"这是确的，大凡明于礼义，就一定要陋于知人心的，所以古代有许多人受了很大的冤枉。例如嵇阮的罪名，一向说他们毁坏礼教。但据我个人的意见，这判断是错的。魏晋时代，崇奉礼教的看来似乎很不错，而实在是毁坏礼教，不信礼教的。表面上毁坏礼教者，实则倒是承认礼教，太相信礼教。因为魏晋时所谓崇奉礼教，是用以自利，那崇奉也不过偶然崇奉，如曹操杀孔融，司马懿杀嵇康，都是因为他们和不孝有关，但实在曹操司马懿何尝是著名的孝子，不过将这个名义，加罪于反对自己的人罢了。于是老实人以为如此利用，亵黩了礼教，不平之极，无计可施，激而变成不谈礼教，不信礼教，甚至于反对礼教。——但其实不过是态度，至于他们的本心，恐怕倒是相信礼教，当作宝贝，比曹操司马懿们要迂执得多。现在说一个容易明白的比喻罢，譬如有一个军阀，在北方—— 在广东的人所谓北方和我常说的北方的界限有些不同，我常称山东山西直隶河南之类为北方—— 那军阀从前是压迫民党的，后来北伐军势力一大，他便挂起了青天白日旗，说自己已经信仰三民主义了，是总理的信徒。这样还不够，他还要做总理的纪念周。这时候，真的三民主义的信徒，去呢，不去呢？不去，他那里就可以说你反对三民主义，定罪，杀人。但既然在他的势力之下，没有别法，真的总理的信徒，倒会不谈三民主义，或者听人假惺惺的谈起来就皱眉，好像反对三民主义模样。所以我想，魏晋时所谓反对礼教的人，有许多大约也如此。他们倒是迂夫子，将礼教当作宝贝看待的。

还有一个实证，凡人们的言论、思想、行为，倘若自己以为不错的，就愿意天下的别人，自己的朋友都这样做。但嵇康阮籍不这样，不愿意别人来模仿他。竹林七贤中有阮咸，是阮籍的侄子，一样的饮酒。阮籍的儿子阮浑也愿加入时，阮籍却道不必加入，吾家已有阿咸在，够了。假若阮籍自以为行为是对的，就不当拒绝他的儿子，而阮籍却拒绝自己的儿子，可知阮籍并不以他自己的办法为然。至于嵇康，一看他的《绝交书》，就知道他的态度很骄傲的；有一次，他在家打铁，——他的性情是很喜欢打铁的——钟会来看他了，他只打铁，不理钟会。钟会没有意味，只得走了。其时嵇康就问他："何所闻而来，何所见而去？"钟会答道："闻所闻而来，见所见而去。"这也是嵇康杀身的一条祸根。但我看他做给他的儿子看的《家诫》，——当嵇康被杀时，其子方十岁，算来当他做这篇文章的时候，他的儿子是未满十岁的——就觉得宛然是两个人。他在《家诫》中教他的儿子做人要小心，还有一条一条的教训。有一条是说长官处不可常去，亦不可住宿；官长送人们出来时，你不要在后面，因为恐怕将来官长惩办坏人时，你有暗中密告的嫌疑。又有一条是说宴饮时候有人争论，你可立刻走开，免得在旁批评，因为两者之间必有对与不对，不批评则不像样，一批评就总要是甲非乙，不免受一方见怪。还有人要你饮酒，即使不愿饮也不要坚决地推辞，必须和和气气的拿着杯子。我们就此看来，实在觉得很希奇：嵇康是那样高傲的人，而他教子就要他这样庸碌。因此我们知道，嵇康自己对于他自己的举动也是不满足的。所以批评一个人的言行实在难，社会上对于儿子不像父亲，称为“不肖”，以为是坏事，殊不知世上正有不愿意他的儿子像自己的父亲哩。试看阮籍嵇康，就是如此。这是因为他们生于乱世，不得已，才有这样的行为，并非他们的本态。但又于此可见魏晋的破坏礼教者，实在是相信礼教到固执之极的。

不过何晏王弼阮籍嵇康之流，因为他们的名位大，一般的人们就学起来，而所学的无非是表面，他们实在的内心，却不知道。因为只学他们的皮毛，于是社会上便很多了没意思的空谈和饮酒。许多人只会无端的空谈和饮酒，无力办事，也就影响到政治上，弄得玩“空城计”，毫无实际了。在文学上也这样，嵇康阮籍的纵酒，是也能做文章的，后来到东晋，空谈和饮酒的遗风还在，而万言的大文如嵇阮之作，却没有了。刘勰说：“嵇康师心以遣论，阮籍使气以命诗。”这“师心”和“使气”，便是魏末晋初的文章的特色。正始名士和竹林名士的精神灭后，敢于师心使气的作家也没有了。

到东晋，风气变了。社会思想平静得多，各处都夹入了佛教的思想。再至晋末，乱也看惯了，篡也看惯了，文章便更和平。代表平和的文章的人有陶潜。他的态度是随便饮酒，乞食，高兴的时候就谈论和作文章，无尤无怨。所以现在有人称他为“田园诗人”，是个非常和平的田园诗人。他的态度是不容易学的，他非常之穷，而心里很平静。家常无米，就去向人家门口求乞。他穷到有客来见，连鞋也没有，那客人给他从家丁取鞋给他，他便伸了足穿上了。虽然如此，他却毫不为意，还是“采菊东篱下，悠然见南山”。这样的自然状态，实在不易模仿。他穷到衣服也破烂不堪，而还在东篱下采菊，偶然抬起头来，悠然的见了南山，这是何等自然。现在有钱的人住在租界里，雇花匠种数十盆菊花，便做诗，叫作“秋日赏菊效陶彭泽体”，自以为合于渊明的高致，我觉得不大像。

陶潜之在晋末，是和孔融于汉末与嵇康于魏末略同，又是将近易代的时候。但他没有什么慷慨激昂的表示，于是便博得“田园诗人”的名称。但《陶集》里有《述酒》一篇，是说当时政治的。这样看来，可见他于世事也并没有遗忘和冷淡，不过他的态度比嵇康阮籍自然得多，不至于招人注意罢了。还有一个原因，先已说过，是习惯。因为当时饮酒的风气相沿下来，人见了也不觉得奇怪，而且汉魏晋相沿，时代不远，变迁极多，既经见惯，就没有大感触，陶潜之比孔融嵇康和平，是当然的。例如看北朝的墓志，官位升进，往往详细写着，再仔细一看，他是已经经历过两三个朝代了，但当时似乎并不为奇。

据我的意思，即使是从前的人，那诗文完全超于政治的所谓“田园诗人”“山林诗人”，是没有的。完全超出于人间世的，也是没有的。既然是超出于世，则当然连诗文也没有。诗文也是人事，既有诗，就可以知道于世事未能忘情。譬如墨子兼爱，杨子为我。墨子当然要著书；杨子就一定不著，这才是“为我”。因为若做出书来给别人看，便变成“为人”了。

由此可知陶潜总不能超于尘世，而且，于朝政还是留心，也不能忘掉“死”，这是他诗文中时时提起的。用别一种看法研究起来，恐怕也会成一个和旧说不同的人物罢。

自汉末至晋末文章的一部分的变化与药及酒之关系，据我所知的大概是这样。但我学识太少，没有详细的研究，在这样的热天和雨天费去了诸位这许多时光，是很抱歉的。现在这个题目总算是讲完了。

《唐宋传奇集》序例

东越胡应麟在明代，博涉四部，尝云：“凡变异之谈，盛于六朝，然多是传录舛讹，未必尽幻设语。至唐人，乃作意好奇，假小说以寄笔端。如《毛颖》《南柯》之类尚可，若《东阳夜怪》称成自虚，《玄怪录》元无有，皆但可付之一笑，其文气亦卑下亡足论。宋人所记，乃多有近实者，而文彩无足观。”其言盖几是也。餍于诗赋，旁求新途，藻思横流，小说斯灿。而后贤秉正，视同土沙，仅赖《太平广记》等之所包容，得存什一。顾复缘贾人贸利，撮拾彫镌，如《说海》，如《古今逸史》，如《五朝小说》，如《龙威秘书》，如《唐人说荟》，如《艺苑捃华》，为欲总目烂然，见者眩惑，往往妄制篇目，改题撰人，晋唐稗传，黥劓几尽。夫蚁子惜鼻，固犹香象，嫫母护面，讵逊毛嫱，则彼虽小说，夙称卑卑不足厕九流之列者乎，而换头削足，仍亦骇心之厄也。昔尝病之，发意匡正。先辑自汉至隋小说，为《钩沉》五部讫；渐复录唐宋传奇之作，将欲汇为一编，较之通行本子，稍足凭信。而屡更颠沛，不遑理董，委诸行箧，分饱蟫蠹而已。今夏失业，幽居南中，偶见郑振铎君所编《中国短篇小说集》，埽荡烟埃，斥伪返本，积年堙郁，一旦霍然。惜《夜怪录》尚题王洙，《灵应传》未删于逖，盖于故旧，犹存眷恋。继复读大兴徐松《登科记考》，积微成昭，钩稽渊密，而于李徵及第，乃引李景亮《人虎传》作证。此明人妄署，非景亮文。弥叹虽短书俚说，一遭篡乱，固贻害于谈文，亦飞灾于考史也。顿忆旧稿，发箧谛观，黯澹有加，渝敝则未。乃略依时代次第，循览一周。谅哉，王度《古镜》，犹有六朝志怪余风，而大增华艳。千里《杨倡》，柳珵《上清》，遂极庳弱，与诗运同。宋好劝惩，摭实而泥，飞动之致，眇不可期，传奇命脉，至斯以绝。惟自大历以至大中中，作者云蒸，郁术文苑，沈既济许尧佐擢秀于前，蒋防元稹振彩于后，而李公佐白行简陈鸿沈亚之辈，则其卓异也。特《夜怪》一录，显托空无，逮今允成陈言，在唐实犹新意，胡君顾贬之至此。窃未能同耳。自审所录，虽无秘文，而曩曾用心，仍自珍惜。复念近数年中，能恳恳顾及唐宋传奇者，当不多有。持此涓滴，注彼说渊，献我同流，比之芹子，或亦将稍减其考索之劳，而得翫绎之乐耶。于是杜门摊书，重加勘定，匝月始就，凡八卷，可校印。结愿知幸，方欣已欷：顾旧乡而不行，弄飞光于有尽，嗟夫，此亦岂所以善吾生，然而不得已也。犹有杂例，并缀左方：

一，本集所取资者，为明刊本《文苑英华》；清黄晟刊本《太平广记》，校以明许自昌刻本；涵芬楼影印宋本《资治通鉴考异》；

董康刻士礼居本《青琐高议》，校以明张梦锡刊本及旧钞本；明翻宋本《百川学海》；明钞本原本《说郛》；明顾元庆刊本《文房小说》；清胡珽排印本《琳琅秘室丛书》等。

一，本集所取，专在单篇。若一书中之一篇，则虽事极煊赫，或本书已亡，亦不收采。如袁郊《甘泽谣》之《红线》，李复言《续玄怪录》之《杜子春》，裴铏《传奇》之《昆仑奴》《聂隐娘》等是也。皇甫枚《飞烟传》，虽亦是《三水小牍》逸文，然《太平广记》引则不云出于何书，似曾单行，故仍入录。

一，本集所取，唐文从宽，宋制则颇加决择。凡明清人所辑丛刊，有妄作者，辄加审正，黜其伪欺，非敢刊落，以求信也。日本有《游仙窟》，为唐张文成作，本当置《白猿传》之次，以章矛尘君方图版行，故不编入。

一，本集所取文章，有复见于不同之书，或不同之本，得以互校者，则互校之。字句有异，惟从其是。亦不历举某字某本作某，以省纷烦。倘读者更欲详知，则卷末具记某篇出于何书何卷，自可覆检原书，得其究竟。

一，向来涉猎杂书，遇有关于唐宋传奇，足资参证者，时亦写取，以备遗忘。比因奔驰，颇复散失。客中又不易得书，殊无可作。今但会集丛残，稍益以近来所见，并为一卷，缀之末简，聊存旧闻。

一，唐人传奇，大为金元以来曲家所取资，耳目所及，亦举一二。第于词曲之事，素未用心，转贩故书，谅多讹略，精研博考，以俟专家。

一，本集篇卷无多，而成就颇亦匪易。先经许广平君为之选录，最多者《太平广记》中文。惟所据仅黄晟本，甚虑讹误。去年由魏建功君校以北京大学图书馆所藏明长洲许自昌刊本，乃始释然。逮今缀缉杂札，拟置卷末，而旧稿潦草，复多沮疑，蒋径三君为致书籍十余种，俾得检寻，遂以就绪。至陶元庆君所作书衣，则已贻我于年余之前者矣。广赖众力，才成此编，谨藉空言，普铭高谊云尔。

一九二七年九月十日，鲁迅校毕题记。时大夜弥天，璧月澄照，饕蚊遥叹，余在广州。

流氓的变迁

孔墨都不满于现状，要加以改革，但那第一步，是在说动人主，而那用以压服人主的家伙，则都是“天”。

孔子之徒为儒，墨子之徒为侠。“儒者，柔也”，当然不会危险的。惟侠老实，所以墨者的末流，至于以“死”为终极的目的。到后来，真老实的逐渐死完，止留下取巧的侠，汉的大侠，就已和公侯权贵相馈赠，以备危急时来作护符之用了。

司马迁说“儒以文乱法，而侠以武犯禁”，“乱”之和“犯”，决不是“叛”，不过闹点小乱子而已，而况有权贵如“五侯”者在。

“侠”字渐消，强盗起了，但也是侠之流，他们的旗帜是“替天行道”。他们所反对的是奸臣，不是天子，他们所打劫的是平民，不是将相。李逵劫法场时，抡起板斧来排头砍去，而所砍的是看客。一部《水浒》，说得很分明：因为不反对天子，所以大军一到，便受招安，替国家打别的强盗——不“替天行道”的强盗去了。终于是奴才。

满洲入关，中国渐被压服了，连有“侠气”的人，也不敢再起盗心，不敢指斥奸臣，不敢直接为天子效力，于是跟一个好官员或钦差大臣，给他保镖，替他捕盗，一部《施公案》，也说得很分明，还有《彭公案》《七侠五义》之流，至今没有穷尽。他们出身清白，连先前也并无坏处，虽在钦差之下，究居平民之上，对一方面固然必须听命，对别方面还是大可逞雄，安全之度增多了，奴性也跟着加足。

然而为盗要被官兵所打，捕盗也要被强盗所打，要十分安全的侠客，是觉得都不妥当的，于是有流氓。和尚喝酒他来打，男女通奸他来捉，私娼私贩他来凌辱，为的是维持风化；乡下人不懂租界章程他来欺侮，为的是看不起无知；剪发女人他来嘲骂，社会改革者他来憎恶，为的是宝爱秩序。但后面是传统的靠山，对手又都非浩荡的强敌，他就在其间横行过去。现在的小说，还没有写出这一种典型的书，惟《九尾龟》中的章秋谷，以为他给妓女吃苦，是因为她要敲人们竹杠，所以给以惩罚之类的叙述，约略近之。

由现状再降下去，大概这一流人将成为文艺书中的主角了，我在等候“革命文学家”张资平“氏”的近作。

帮忙文学与帮闲文学

——十一月二十二日在北京大学第二院讲——

我四五年来未到这边，对于这边情形，不甚熟悉；我在上海的情形，也非诸君所知。所以今天还是讲帮闲文学与帮忙文学。

这当怎么讲？从五四运动后，新文学家很提倡小说；其故由当时提倡新文学的人看见西洋文学中小说地位甚高，和诗歌相仿佛；所以弄得像不看小说就不是人似的。但依我们中国的老眼睛看起来，小说是给人消闲的，是为酒余茶后之用。因为饭吃得饱饱的，茶喝得饱饱的，闲起来也实在是苦极的事，那时候又没有跳舞场：明末清初的时候，一份人家必有帮闲的东西存在的。那些会念书会下棋会画画的人，陪主人念念书，下下棋，画几笔画，这叫做帮闲，也就是篾片！所以帮闲文学又名篾片文学。小说就做着篾片的职务。汉武帝时候，只有司马相如不高兴这样，常常装病不出去。至于究竟为什么装病，我可不知道。倘说他反对皇帝是为了卢布，我想大概是不会的，因为那个时候还没有卢布。大凡要亡国的时候，皇帝无事，臣子谈谈女人，谈谈酒，像六朝的南朝，开国的时候，这些人便做诏令，做敕，做宣言，做电报，——做所谓皇皇大文。主人一到第二代就不忙了，于是臣子就帮闲。所以帮闲文学实在就是帮忙文学。

中国文学从我看起来，可以分为两大类：（一）廊庙文学，这就是已经走进主人家中，非帮主人的忙，就得帮主人的闲；与这相对的是（二）山林文学。唐诗即有此二种。如果用现代话讲起来，是“在朝”和“下野”。后面这一种虽然暂时无忙可帮，无闲可帮，但身在山林，而“心存魏阙”。如果既不能帮忙，又不能帮闲，那么，心里就甚是悲哀了。

中国是隐士和官僚最接近的。那时很有被聘的希望，一被聘，即谓之征君；开当铺，卖糖葫芦是不会被征的。我曾经听说有人做世界文学史，称中国文学为官僚文学。看起来实在也不错。一方面固然由于文字难，一般人受教育少，不能做文章，但在另一方面看起来，中国文学和官僚也实在接近。

现在大概也如此。惟方法巧妙得多了，竟至于看不出来。今日文学最巧妙的有所谓为艺术而艺术派。这一派在五四运动时代，确是革命的，因为当时是向“文以载道”说进攻的，但是现在却连反抗性都没有了。不但没有反抗性，而且压制新文学的发生。对社会不敢批评，也不能反抗，若反抗，便说对不起艺术。故也变成帮忙柏勒思（plus）帮闲。为艺术而艺术派对俗事是不问的，但对于俗事如主张为人生而艺术的人是反对的，则如现代评论派，他们反对骂人，但有人骂他们，他们也是要骂的。他们骂骂人的人，正如杀杀人的一样——他们是刽子手。

这种帮忙和帮闲的情形是长久的。我并不劝人立刻把中国的文物都抛弃了，因为不看这些，就没有东西看；不帮忙也不帮闲的文学真也太不多。现在做文章的人们几乎都是帮闲帮忙的人物。有人说文学家是很高尚的，我却不相信与吃饭问题无关，不过我又以为文学与吃饭问题有关也不打紧，只要能比较的不帮忙不帮闲就好。

二丑艺术

丰之余

浙东的有一处的戏班中，有一种脚色叫作“二花脸”，译得雅一点，那么，“二丑”就是。他和小丑的不同，是不扮横行无忌的花花公子，也不扮一味仗势的宰相家丁，他所扮演的是保护公了的拳师，或是趋奉公子的清客。总之：身分比小丑高，而性格却比小丑坏。

义仆是老生扮的，先以谏诤，终以殉主；恶仆是小丑扮的，只会作恶，到底灭亡。而二丑的本领却不同，他有点上等人模样，也懂些琴棋书画，也来得行令猜谜，但倚靠的是权门，凌蔑的是百姓，有谁被压迫了，他就来冷笑几声，畅快一下，有谁被陷害了，他又去吓唬一下，吆喝几声。不过他的态度又并不常常如此的，大抵一面又回过脸来，向台下的看客指出他公子的缺点，摇着头装起鬼脸道：你看这家伙，这回可要倒楣哩！

这最末的一手，是二丑的特色。因为他没有义仆的愚笨，也没有恶仆的简单，他是智识阶级。他明知道自己所靠的是冰山，一定不能长久，他将来还要到别家帮闲，所以当受着豢养，分着余炎的时候，也得装着和这贵公子并非一伙。

二丑们编出来的戏本上，当然没有这一种脚色的，他那里肯；小丑，即花花公子们编出来的戏本，也不会有，因为他们只看见一面，想不到的。这二花脸，乃是小百姓看透了这一种人，提出精华来，制定了的脚色。

世间只要有权门，一定有恶势力，有恶势力，就一定有二花脸，而且有二花脸艺术。我们只要取一种刊物，看他一个星期，就会发见他忽而怨恨春天，忽而颂扬战争，忽而译萧伯纳演说，忽而讲婚姻问题；但其间一定有时要慷慨激昂的表示对于国事的不满：这就是用出末一手来了。

这最末的一手，一面也在遮掩他并不是帮闲，然而小百姓是明白的，早已使他的类型在戏台上出现了。

六月十五日。

《北平笺谱》序

镂象于木，印之素纸，以行远而及众，盖实始于中国。法人伯希和氏从敦煌千佛洞所得佛象印本，论者谓当刊于五代之末，而宋初施以采色，其先于日耳曼最初木刻者，尚几四百年。宋人刻本，则由今所见医书佛典，时有图形；或以辨物，或以起信，图史之体具矣。降至明代，为用愈宏，小说传奇，每作出相，或拙如画沙，或细于擘发，亦有画谱，累次套印，文彩绚烂，夺人目睛，是为木刻之盛世。清尚朴学，兼斥纷华，而此道于是凌替。光绪初，吴友如据点石斋，为小说作绣像，以西法印行，全像之书，颇复腾踊，然绣梓遂愈少，仅在新年花纸与日用信笺中，保其残喘而已。及近年，则印绘花纸，且并为西法与俗工所夺，老鼠嫁女与静女拈花之图，皆渺不复见；信笺亦渐失旧型，复无新意，惟日趋于鄙倍。北京夙为文人所聚，颇珍楮墨，遗范未堕，尚存名笺。顾迫于时会，苓落将始，吾修好事，亦多杞忧。于是搜索市廛，拔其尤异，各就原版，印造成书，名之曰《北平笺谱》。于中可见清光绪时纸铺，尚止取明季画谱，或前人小品之相宜者，镂以制笺，聊图悦目；间亦有画工所作，而乏韵致，固无足观。宣统末，林琴南先生山水笺出，似为当代文人特作画笺之始，然未详。及中华民国立，义宁陈君师曾入北京，初为镌铜者作墨合，镇纸画稿，俾其雕镂；既成拓墨，雅趣盎然。不久复廓其技于笺纸，才华蓬勃，笔简意饶，且又顾及刻工省其奏刀之困，而诗笺乃开一新境。盖至是而画师梓人，神志暗会，同力合作，遂越前修矣。稍后有齐白石，吴待秋，陈半丁，王梦白诸君，皆画笺高手，而刻工亦足以副之。辛未以后，始见数人，分画一题，聚以成帙，格新神涣，异乎嘉祥。意者文翰之术将更，则笺素之道随尽；后有作者，必将别辟涂径，力求新生；其临睨夫旧乡，当远俟于暇日也。则此虽短书，所识者小，而一时一地，绘画刻镂盛衰之事，颇寓于中；纵非中国木刻史之丰碑，庶几小品艺术之旧苑；亦将为后之览古者所偶涉欤。

千九百三十三年十月三十日鲁迅记。

选本

今年秋天，在上海的日报上有一点可以算是关于文学的小小的辩论，就是为了一般的青年，应否去看《庄子》与《文选》以作文学上的修养之助。不过这类的辩论，照例是不会有结果的，往复几回之后，有一面一定拉出“动机论”来，不是说反对者“别有用心”，便是“哗众取宠”；客气一点，也就“彼亦一是非，此亦一是非”，而问题于是呜呼哀哉了。

但我因此又想到“选本”的势力。孔子究竟删过《诗》没有，我不能确说，但看它先“风”后“雅”而末“颂”，排得这么整齐，恐怕至少总也费过乐师的手脚，是中国现存的最古的诗选。由周至汉，社会情形太不同了，中间又受了《楚辞》的打击，晋宋文人如二陆，束皙，陶潜之流，虽然也做四言诗以支持场面，其实都不过是每句省去一字的五言诗，“王者之迹熄而《诗》亡”了。不过选者总是层出不穷的，至今尚存，影响也最广大者，我以为一部是《世说新语》，一部就是《文选》。

《世说新语》并没有说明是选者，好像刘义庆或他的门客所搜集；但检唐宋类书中所存裴启《语林》的遗文，往往和《世说新语》相同，可是它也是一部钞撮故书之作，正和《幽明录》一样。它的被清代学者所宝重，自然因为注中多有现今的逸书，但在一般读者，却还是为了本文，自唐迄今，拟作者不绝，甚至于自己兼加注解，袁宏道在野时要做官，做了官大叫苦，便是中了这书的毒，误明为晋的缘故。有些清朝人却较为聪明，虽然辫发胡服，厚禄高官，他也一声不响，只在倩人写照的时候，在纸上改作斜领方巾，或芒鞋竹笠，聊过“世说”式瘾罢了。

《文选》的影响却更大。从曹宪至李善加五臣，音训书类之多，远非拟《世说新语》可比。那些烦难字面，如草头诸字，水旁山旁诸字，不断地被摘进历代的文章里面去，五四运动时虽受奚落，得“妖孽”之称，现在却又很有复辟的趋势了。而《古文观止》也一同渐渐的露了脸。

以《古文观止》和《文选》并称，初看好像是可笑的，但是，在文学上的影响，两者却一样的不可轻视。凡选本，往往能比所选各家的全集更流行，更有作用。册数不多，而包罗诸作，固然也是一种原因，但还在近则由选者的名位，远则凭古人之威灵，读者想从一个有名的选家，窥见许多有名作家的作品。所以《昭明太子集》只剩一点轶本了，《文选》却在的；读《古文辞类纂》者多，读《惜抱轩全集》的却少。凡是对于文术，自有主张的作家，他所赖以发表和流布自己的主张的手段，倒并不在作文心，文则，诗品，诗话，而在出选本。

选本可以借古人的文章，寓自己的意见。博览群籍，采其合于自己意见的为一集，一法也，如《文选》是。择取一书，删其不合于自己意见的为一新书，又一法也，如《唐人万首绝句选》是。如此，则读者虽读古人书，却得了选者之意，意见也就逐渐和选者接近，终于“就范”了。

读者的读选本，自以为是由此得了古人文笔的精华的，殊不知却被选者缩小了眼界，即以《文选》为例罢，没有嵇康《家诫》，使读者只觉得他是一个愤世嫉俗，好像无端活得不快活的怪人，不收陶潜《闲情赋》，掩去了他也是一个既取民间《子夜歌》意，而又拒以圣道的迂士。选本既经选者所滤过，就总只能吃他所给与的糟或醨。况且有时还加以批评，提醒了他之以为然，而默杀了他之以为不然处。纵使选者非常胡涂，如《儒林外史》所写的马二先生，游西湖漫无准备，须问路人，吃点心不知选择，要每样都买一点，由此可见其衡文之毫无把握罢，然而他是处州人，一定要“处片”，又可见虽是马二先生，也自有其“处片”式的标准了。

评选的本子，影响于后来的文章的力量是不小的，恐怕还远在名家的专集之上，我想，这许是研究中国文学史的人们也该留意的罢。

十一月二十四日记。

论“旧形式的采用”

“旧形式的采用”的问题，如果平心静气的讨论起来，在现在，我想是很有意义的，但开首便遭到了耳耶先生的笔伐。“类乎投降”“机会主义”，这是近十年来“新形式的探求”的结果，是克敌的咒文，至少先使你惹一身不干不净。但耳耶先生是正直的，因为他同时也在译《艺术底内容和形式》，一经登完，便会洗净他激烈的责罚；而且有几句话也正确的，是他说新形式的探求不能和旧形式的采用机械的地分开。

不过这几句话已经可以说是常识；就是说内容和形式不能机械的地分开，也已经是常识；还有，知道作品和大众不能机械的地分开，也当然是常识。旧形式为什么只是“采用”—— 但耳耶先生却指为“为整个（！）旧艺术捧场”—— 就是为了新形式的探求。采取若干，和“整个”捧来是不同的，前进的艺术家不能有这思想（内容）。然而他会想到采取旧艺术，因为他明白了作品和大众不能机械的地分开。以为艺术是艺术家的"灵感"的爆发，像鼻子发痒的人，只要打出喷嚏来就浑身舒服，一了百了的时候已经过去了，现在想到，而且关心了大众。这是一个新思想（内容），由此而在探求新形式，首先提出的是旧形式的采取，这采取的主张，正是新形式的发端，也就是旧形式的蜕变，在我看来，是既没有将内容和形式机械的地分开，更没有看得《姊妹花》叫座，于是也来学一套的投机主义的罪案的。

自然，旧形式的采取，或者必须说新形式的探求，都必须艺术学徒的努力的实践，但理论家或批评家是同有指导、评论、商量的责任的，不能只斥他交代未清之后，便可逍遥事外。我们有艺术史，而且生在中国，即必须翻开中国的艺术史来。采取什么呢？我想，唐以前的真迹，我们无从目睹了，但还能知道大抵以故事为题材，这是可以取法的；在唐，可取佛画的灿烂，线画的空实和明快，宋的院画，萎靡柔媚之处当舍，周密不苟之处是可取的，米点山水，则毫无用处。后来的写意画（文人画）有无用处，我此刻不敢确说，恐怕也许还有可用之点的罢。这些采取，并非断片的古董的杂陈，必须溶化于新作品中，那是不必赘说的事，恰如吃用牛羊，弃去蹄毛，留其精粹，以滋养及发达新的生体，决不因此就会"类乎"牛羊的。

只是上文所举的，亦即我们现在所能看见的，都是消费的艺术。它一向独得有力者的宠爱，所以还有许多存留。但既有消费者，必有生产者，所以一面有消费者的艺术，一面也有生产者的艺术。古代的东西，因为无人保护，除小说的插画以外，我们几乎什么也看不见了。至于现在，却还有市上新年的花纸，和猛克先生所指出的连环图画。这些虽未必是真正的生产者的艺术，但和高等有闲者的艺术对立，是无疑的。但虽然如此，它还是大受着消费者艺术的影响，例如在文学上，则民歌大抵脱不开七言的范围，在图画上，则题材多是士大夫的部事，然而已经加以提炼，成为明快，简捷的东西了。这也就是蜕变，一向则谓之“俗”。注意于大众的艺术家，来注意于这些东西，大约也未必错，至于仍要加以提炼，那也是无须赘说的。

但中国的两者的艺术，也有形似而实不同的地方，例如佛画的满幅云烟，是豪华的装璜，花纸也有一种硬填到几乎不见白纸的，却是惜纸的节俭；唐伯虎画的细腰纤手的美人，是他一类人们的欲得之物，花纸上也有这一种，在赏玩者却只以为世间有这一类人物，聊资博识，或满足好奇心而已。为大众的画家，都无须避忌。

至于谓连环图画不过图画的种类之一，与文学中之有诗歌、戏曲、小说相同，那自然是不错的。但这种类之别，也仍然与社会条件相关联，则我们只要看有时盛行诗歌，有时大出小说，有时独多短篇的史实便可以知道。因此，也可以知道即与内容相关联。现在社会上的流行连环图画，即因为它有流行的可能，且有流行的必要，着眼于此，因而加以导引，正是前进的艺术家的正确的任务；为了大众，力求易懂，也正是前进的艺术家正确的努力。旧形式是采取，必有所删除，既有删除，必有所增益，这结果是新形式的出现，也就是变革。而且，这工作是决不如旁观者所想的容易的。

但就是立有了新形式罢，当然不会就是很高的艺术。艺术的前进，还要别的文化工作的协助，某一文化部门，要某一专家唱独脚戏来提得特别高，是不妨空谈，却难做到的事，所以专责个人，那立论的偏颇和偏重环境的是一样的。

五月二日。

算账

莫 朕

说起清代的学术来，有几位学者总是眉飞色舞，说那发达是为前代所未有的。证据也真够十足：解经的大作，层出不穷，小学也非常的进步；史论家虽然绝迹了，考史家却不少；尤其是考据之学，给我们明白了宋明人决没有看懂的古书……

但说起来可又有些踌躇，怕英雄也许会因此指定我是犹太人，其实，并不是的。我每遇到学者谈起清代的学术时，总不免同时想："扬州十日""嘉定三屠"这些小事情，不提也好罢，但失去全国的土地，大家十足做了二百五十年奴隶，却换得这几页光荣的学术史，这买卖，究竟是赚了利，还是折了本呢？

可惜我又不是数学家，到底没有弄清楚。但我直觉的感到，这恐怕是折了本，比用庚子赔款来养成几位有限的学者，亏累得多了。

但恐怕这又不过是俗见。学者的见解，是超然于得失之外的。虽然超然于得失之外，利害大小之辨却又似乎并非全没有。大莫大于尊孔，要莫要于崇儒，所以只要尊孔而崇儒，便不妨向任何新朝俯首。对新朝的说法，就叫作“反过来征服中国民族的心”。

而这中国民族的有些心，真也被征服得彻底，到现在，还在用兵燹、疠疫、水旱、风蝗，换取着孔庙重修，雷峰塔再建，男女同行犯忌，《四库珍本》发行这些大门面。

我也并非不知道灾害不过暂时，如果没有记录，到明年就会大家不提起，然而光荣的事业却是永久的。但是，不知怎地，我虽然并非犹太人，却总有些喜欢讲损益，想大家来算一算向来没有人提起过的这一笔账。——而且，现在也正是这时候了。

七月十七日。

隐士

隐士，历来算是一个美名，但有时也当作一个笑柄。最显著的，则有刺陈眉公的“翩然一只云中鹤，飞去飞来宰相衙”的诗，至今也还有人提及。我以为这是一种误解。因为一方面，是“自视太高”，于是别方面也就“求之太高”，彼此“忘其所以”，不能“心照”，而又不能“不宣”，从此口舌也多起来了。

非隐士的心目中的隐士，是声闻不彰，息影山林的人物。但这种人物，世间是不会知道的。一到挂上隐士的招牌，则即使他并不“飞去飞来”，也一定难免有些表白，张扬；或是他的帮闲们的开锣喝道——隐士家里也会有帮闲，说起来似乎不近情理，但一到招牌可以换饭的时候，那时立刻就有帮闲的，这叫作“啃招牌边”。这一点，也颇为非隐士的人们所诟病，以为隐士身上而有油可揩，则隐士之阔绰可想了。其实这也是一种“求之太高”的误解，和硬要有名的隐士，老死山林中者相同。凡是有名的隐士，他总是已经有了“优哉游哉，聊以卒岁”的幸福的。倘不然，朝砍柴，昼耕田，晚浇菜，夜织屦，又那有吸烟品茗，吟诗作文的闲暇？陶渊明先生是我们中国赫赫有名的大隐，一名“田园诗人”，自然，他并不办期刊，也赶不上吃“庚款”，然而他有奴子。汉晋时候的奴子，是不但侍候主人，并且给主人种地，营商的，正是生财器具。所以虽是渊明先生，也还略略有些生财之道在，要不然，他老人家不但没有酒喝，而且没有饭吃，早已在东篱旁边饿死了。

所以我们倘要看看隐君子风，实际上也只能看看这样的隐君子，真的“隐君子”是没法看到的。古今著作，足以汗牛而充栋，但我们可能找出樵夫渔父的著作来？他们的著作是砍柴和打鱼。至于那些文士诗翁，自称什么钓徒樵子的，倒大抵是悠游自得的封翁或公子，何尝捏过钓竿或斧头柄。要在他们身上赏鉴隐逸气，我敢说，这只能怪自己胡涂。

登仕，是啖饭之道，归隐，也是啖饭之道。假使无法啖饭，那就连“隐”也隐不成了。“飞去飞来”，正是因为要“隐”，也就是因为要啖饭；肩出“隐士”的招牌来，挂在“城市山林”里，这就正是所谓“隐”，也就是啖饭之道。帮闲们或开锣，或喝道，那是因为自己还不配“隐”，所以只好揩一点“隐”油，其实也还不外乎啖饭之道。汉唐以来，实际上是入仕并不算鄙，隐居也不算高，而且也不算穷，必须欲“隐”而不得，这才看作士人的末路。唐末有一位诗人左偃，自述他悲惨的境遇道“谋隐谋官两无成”，是用七个字道破了所谓“隐”的秘密的。

“谋隐”无成，才是沦落，可是“隐”总和享福有些相关，至少是不必十分挣扎谋生，颇有悠闲的余裕。但赞颂悠闲，鼓吹烟茗，却又是挣扎之一种，不过挣扎得隐藏一些。虽“隐”，也仍然要啖饭，所以招牌还是要油漆，要保护的。泰山崩，黄河溢，隐士们目无见，耳无闻，但苟有议及自己们或他的一伙的，则虽千里之外，半句之微，他便耳聪目明，奋袂而起，好像事件之大，远胜于宇宙之灭亡者，也就为了这缘故。其实连和苍蝇也何尝有什么相关。

明白这一点，对于所谓“隐士”也就毫不诧异了，心照不宣，彼此都省事。

一月二十五日。

六朝小说和唐代传奇文有怎样的区别?

——答文学社问——

这试题很难解答。

因为唐代传奇，是至今还有标本可见的，但现在之所谓六朝小说，我们所依据的只是从《新唐书·艺文志》以至清《四库书目》的判定，有许多种，在六朝当时，却并不视为小说。例如《汉武故事》《西京杂记》《搜神记》《续齐谐记》等，直至刘昫的《唐书·经籍志》，还属于史部起居注和杂传类里的。那时还相信神仙和鬼神，并不以为虚造，所以所记虽有仙凡和幽明之殊，却都是史的一类。

况且从晋到隋的书目，现在一种也不存在了，我们已无从知道那时所视为小说的是什么，有怎样的形式和内容。现存的唯一最早的目录只有《隋书·经籍志》，修者自谓“远览马史班书，近观王阮志录”，也许尚存王俭《今书七志》，阮孝绪《七录》的痕迹罢，但所录小说二十五种中，现存的却只有《燕丹子》和刘义庆撰《世说》合刘孝标注两种了。此外，则《郭子》《笑林》，殷芸《小说》《水饰》，及当时以为隋代已亡的《青史子》《语林》等，还能在唐宋类书里遇见一点遗文。

单从上述这些材料来看，武断的说起来，则六朝人小说，是没有记叙神仙或鬼怪的，所写的几乎都是人事；文笔是简洁的；材料是笑柄，谈资；但好像很排斥虚构，例如《世说新语》说裴启《语林》记谢安语不实，谢安一说，这书即大损声价云云，就是。

唐代传奇文可就大两样了：神仙人鬼妖物，都可以随便驱使；文笔是精细，曲折的，至于被崇尚简古者所诟病；所叙的事，也大抵具有首尾和波澜，不止一点断片的谈柄；而且作者往往故意显示着这事迹的虚构，以见他想象的才能了。

但六朝人也并非不能想象和描写，不过他不用于小说，这类文章，那时也不谓之小说。例如阮籍的《大人先生传》，陶潜的《桃花源记》，其实倒和后来的唐代传奇文相近；就是嵇康的《圣贤高士传赞》（今仅有辑本），葛洪的《神仙传》，也可以看作唐人传奇文的祖师的。李公佐作《南柯太守传》，李肇为之赞，这就是嵇康的《高士传》法；陈鸿《长恨传》置白居易的长歌之前，元稹的《莺莺传》既录《会真诗》，又举李公垂《莺莺歌》之名作结，也令人不能不想到《桃花源记》。

至于他们之所以著作，那是无论六朝或唐人，都是有所为的。《隋书·经籍志》抄《汉书艺文志》说，以著录小说，比之“询于刍荛”，就是以为虽然小说，也有所为的明证。不过在实际上，这有所为的范围却缩小了。晋人尚清谈，讲标格，常以寥寥数言，立致通显，所以那时的小说，多是记载畸行隽语的《世说》一类，其实是借口舌取名位的入门书。唐以诗文取士，但也看社会上的名声，所以士子入京应试，也许豫先干谒名公，呈献诗文，冀其称誉，这诗文叫作“行卷”。诗文既滥，人不欲观，有的就用传奇文，来希图一新耳目，获得特效了，于是那时的传奇文，也就和“敲门砖”很有关系。但自然，只被风气所推，无所为而作者，却也并非没有的。

五月三日。

从帮忙到扯淡

“帮闲文学”曾经算是一个恶毒的贬辞，——但其实是误解的。

《诗经》是后来的一部经，但春秋时代，其中的有几篇就用之于侑酒；屈原是“楚辞”的开山老祖，而他的《离骚》，却只是不得帮忙的不平。到得宋玉，就现有的作品看起来，他已经毫无不平，是一位纯粹的清客了。然而《诗经》是经，也是伟大的文学作品；屈原宋玉，在文学史上还是重要的作家。为什么呢？—— 就因为他究竟有文采。

中国的开国的雄主，是把“帮忙”和“帮闲”分开来的，前者参与国家大事，作为重臣，后者却不过叫他献诗作赋，“俳优蓄之”，只在弄臣之例。不满于后者的待遇的是司马相如，他常常称病，不到武帝面前去献殷勤，却暗暗的作了关于封禅的文章，藏在家里，以见他也有计画大典—— 帮忙的本领，可惜等到大家知道的时候，他已经“寿终正寝”了。然而虽然并未实际上参与封禅的大典，司马相如在文学史上也还是很重要的作家。为什么呢？就因为他究竟有文采。

但到文雅的庸主时，“帮忙”和“帮闲”的可就混起来了，所谓国家的柱石，也常是柔媚的词臣，我们在南朝的几个末代时，可以找出这实例。然而主虽然“庸”，却不“陋”，所以那些帮闲者，文采却究竟还有的，他们的作品，有些也至今不灭。

谁说“帮闲文学”是一个恶毒的贬辞呢？

就是权门的清客，他也得会下几盘棋，写一笔字，画画儿，识古董，懂得些猜拳行令，打趣插科，这才能不失其为清客。也就是说，清客，还要有清客的本领的，虽然是有骨气者所不屑为，却又非搭空架者所能企及。例如李渔的《一家言》，袁枚的《随园诗话》，就不是每个帮闲都做得出来的。必须有帮闲之志，又有帮闲之才，这才是真正的帮闲。如果有其志而无其才，乱点古书，重抄笑话，吹拍名士，拉扯趣闻，而居然不顾脸皮，大摆架子，反自以为得意，——自然也还有人以为有趣，——但按其实，却不过“扯淡”而已。

帮闲的盛世是帮忙，到末代就只剩了这扯淡。

六月六日。

“题未定”草

六

记得T君曾经对我谈起过：我的《集外集》出版之后，施蛰存先生曾在什么刊物上有过批评，以为这本书不值得付印，最好是选一下。我至今没有看到那刊物；但从施先生的推崇《文选》和手定《晚明二十家小品》的功业，以及自标“言行一致”的美德推测起来，这也正像他的话。好在我现在并不要研究他的言行，用不着多管这些事。

《集外集》的不值得付印，无论谁说，都是对的。其实岂只这一本书，将来重开四库馆时，恐怕我的一切译作，全在排除之列；虽是现在，天津图书馆的目录上，在《呐喊》和《彷徨》之下，就注着一个“销”字，“销”者，销毁之谓也；梁实秋教授充当什么图书馆主任时，听说也曾将我的许多译作驱逐出境。但从一般的情形而论，目前的出版界，却实在并不十分谨严，所以印了我的一本《集外集》，似乎也算不得怎么特别糟蹋了纸墨。至于选本，我倒以为是弊多利少的，记得前年就写过一篇《选本》，说明着自己的意见，后来就收在《集外集》中。

自然，如果随便玩玩，那是什么选本都可以的，《文选》好，《古文观止》也可以。不过倘要研究文学或某一作家，所谓“知人论世”，那么，足以应用的选本就很难得。选本所显示的，往往并非作者的特色，倒是选者的眼光。眼光愈锐利，见识愈深广，选本固然愈准确，但可惜的是大抵眼光如豆，抹杀了作者真相的居多，这才是一个“文人浩劫”。例如蔡邕，选家大抵只取他的碑文，使读者仅觉得他是典重文章的作手，必须看见《蔡中郎集》里的《述行赋》（也见于《续古文苑》），那些“穷工巧于台榭兮，民露处而寝湿，委嘉谷于禽兽兮，下糠粃而无粒”（手头无书，也许记错，容后订正）的句子，才明白他并非单单的老学究，也是一个有血性的人，明白那时的情形，明白他确有取死之道。又如被选家录取了《归去来辞》和《桃花源记》，被论客赞赏着“采菊东篱下，悠然见南山”的陶潜先生，在后人的心目中，实在飘逸得太久了，但在全集里，他却有时很摩登，“愿在丝而为履，附素足以周旋，悲行止之有节，空委弃于床前”，竟想摇身一变，化为“阿呀呀，我的爱人呀”的鞋子，虽然后来自说因为“止于礼义”，未能进攻到底，但那些胡思乱想的自白，究竟是大胆的。就是诗，除论客所佩服的“悠然见南山”之外，也还有“精卫衔微木，将以填沧海，形天舞干戚，猛志固常在”之类的“金刚怒目”式。在证明着他并非整天整夜的飘飘然。这“猛志固常在”和“悠然见南山”的是一个人，倘有取舍，即非全人，再加抑扬，更离真实。譬如勇士，也战斗，也休息，也饮食，自然也性交，如果只取他末一点，画起像来，挂在妓院里，尊为性交大师，那当然也不能说是毫无根据的，然而，岂不冤哉！我每见近人的称引陶渊明，往往不禁为古人惋惜。

这也是关于取用文学遗产的问题，潦倒而至于昏聩的人，凡是好的，他总归得不到。前几天，看见《时事新报》的《青光》上，引过林语堂先生的话，原文抛掉了，大意是说：老庄是上流，泼妇骂街之类是下流，他都要看，只有中流，剽上窃下，最无足观。如果我所记忆的并不错，那么，这真不但宣告了宋人语录，明人小品，下至《论语》《人间世》《宇宙风》这些“中流”作品的死刑，也透彻的表白了其人的毫无自信。不过这还是空腹高心之谈，因为虽是“中流”，也并不一概，即使同是剽窃，有取了好处的，有取了无用之处的，有取了坏处的，到得“中流”的下流，他就连剽窃也不会，“老庄”不必说了，虽是明清的文章，又何尝真的看得懂。

标点古文，不但使应试的学生为难，也往往害得有名的学者出丑，乱点词曲，拆散骈文的美谈，已经成为陈迹，也不必回顾了；今年出了许多廉价的所谓珍本书，都有名家标点，关心世道者怒然忧之，以为足煽复古之焰。我却没有这么悲观，化国币一元数角，买了几本，既读古之中流的文章，又看今之中流的标点；今之中流，未必能懂古之中流的文章的结论，就从这里得来的。

例如罢，——这种举例，是很危险的，从古到今，文人的送命，往往并非他的什么“意德沃罗基”的悖谬，倒是为了个人的私仇居多。然而这里仍得举，因为写到这里，必须有例，所谓“箭在弦上，不得不发”者是也。但经再三忖度，决定“姑隐其名”，或者得免于难软，这是我在利用中国人只顾空面子的缺点。

例如罢，我买的“珍本”之中，有一本是张岱的《琅嬛文集》，“特印本实价四角”；据“乙亥十月，卢前冀野父”跋，是“化峭僻之涂为康庄”的，但照标点看下去，却并不十分“康庄”。标点，对于五言或七言诗最容易，不必文学家，只要数学家就行，乐府就不大“康庄”了，所以卷三的《景清刺》里，有了难懂的句子：

> “……佩铅刀。藏膝髁。太史奏。机谋破。不称王向前。坐对御衣含血唾。……”

琅琅可诵，韵也押的，不过“不称王向前”这一句总有些费解。看看原序，有云：“清知事不成。跃而询上。大怒曰。毋谓我王。即王敢尔耶。清曰。今日之号。尚称王哉。命抉其齿。王且询。则含血前。淦御衣。上益怒。剥其肤。……”（标点悉遵原本）那么，诗该是“不称王，向前坐”了，“不称王”者，“尚称王哉”也；“向前坐”者，“则含血前”也。而序文的“跃而询上。大怒曰”，恐怕也该是“跃而询。上大怒曰”才合式，据作文之初阶，观下文之"上益怒"，可知也矣。

纵使明人小品如何"本色"，如何"性灵"，拿它乱玩究竟还是不行的，自误事小，误人可似乎不大好。例如卷六的《琴操·脊令操》序里，有这样的句子：

> "秦府僚属。劝秦王世民。行周公之事。伏兵玄武门。射杀建成元吉魏征。伤亡作。"

文章也很通，不过一翻《唐书》，就不免觉得魏征实在射杀得冤枉，他其实是秦王世民做了皇帝十七年之后，这才病死的。所以我们没有法，这里只好点作"射杀建成元吉，魏征伤亡作"。明明是张岱作的《琴操》，怎么会是魏征作呢，索性也将他射杀干净，固然不能说没有道理，不过"中流"文人，是常有拟作的，例如韩愈先生，就替周文王说过"臣罪当诛兮天王圣明"，所以在这里，也还是以"魏征伤亡作"为稳当。

我在这里也犯了"文人相轻"罪，其罪状曰"吹毛求疵"。但我想"将功折罪"的，是证明了有些名人，连文章也看不懂，点不断，如果选起文章来，说这篇好，那篇坏，实在不免令人有些毛骨悚然，所以认真读书的人，一不可倚仗选本，二不可凭信标点。

七

还有一样最能引读者入于迷途的，是“摘句”。它往往是衣裳上撕下来的一块绣花，经摘取者一吹嘘或附会，说是怎样超然物外，与尘浊无干，读者没有见过全体，便也被他弄得迷离惝恍。最显著的便是上文说过的“悠然见南山”的例子，忘记了陶潜的《述酒》和《读山海经》等诗，捏成他单是一个飘飘然，就是这摘句作怪。新近在《中学生》的十二月号上，看见了朱光潜先生的《说“曲终人不见，江上数峰青”》的文章，推这两句为诗美的极致，我觉得也未免有以割裂为美的小疵。他说的好处是：

> “我爱这两句诗，多少是因为它对于我启示了一种哲学的意蕴。‘曲终人不见’所表现的是消逝，‘江上数峰青’所表现的是永恒。可爱的乐声和奏乐者虽然消逝了，而青山却巍然如旧，永远可以让我们把心情寄托在它上面。人到底是怕凄凉的，要求伴侣的。曲终了，人去了，我们一霎时以前所游目骋怀的世界猛然间好像从脚底倒塌去了。这是人生最难堪的一件事，但是一转眼间我们看到江上青峰，好像又找到另一个可亲的伴侣，另一个可托足的世界，

而且它永远是在那里的。‘山穷水尽疑无路，柳暗花明又一村’，此种风味似之。不仅如此，人和曲果真消逝了么；这一曲缠绵悱恻的音乐没有惊动山灵？它没有传出江上青峰的妩媚和严肃？它没有深深地印在这妩媚和严肃里面？反正青山和湘灵的瑟声已发生这么一回的因缘，青山永在，瑟声和鼓瑟的人也就永在了。”

这确已说明了他的所以激赏的原因。但也没有尽。读者是种种不同的，有的爱读《江赋》和《海赋》，有的欣赏《小园》或《枯树》。后者是徘徊于有无生灭之间的文人，对于人生，既惮扰攘，又怕离去，懒于求生，又不乐死，实有太板，寂绝又太空，疲倦得要休息，而休息又太凄凉，所以又必须有一种抚慰。于是“曲终人不见”之外，如“只在此山中，云深不知处”或“笙歌归院落，灯火下楼台”之类，就往往为人所称道。因为眼前不见，而远处却在，如果不在，便悲哀了，这就是道士之所以说“至心归命礼，玉皇大天尊！”也。

抚慰劳人的圣药，在诗，用朱先生的话来说，是“静穆”：

“艺术的最高境界都不在热烈。就诗人之所以为人而论，他所感到的欢喜和愁苦也许比常人所感到的更加热烈。就诗人之所以为诗人而论，热烈的欢喜或热烈的愁苦经过诗表现出来以后，都好比黄酒经过长久年代的储藏，失去它的辣性，只剩一味醇朴。我在别的文章里曾经说过这一段话：‘懂得这个道理，我们可以明白古希腊人何以把和平静穆看作诗的极境，把诗神亚波罗摆在蔚蓝的山巅，俯瞰众生扰攘，而眉宇间却常如作甜蜜梦，不露一丝被扰动的神色？’这里所谓‘静穆’（Serenity）自然只是一种最高理想，不是在一般诗里所能找得到的。古希腊——尤其是古希腊的造形艺术——常使我们觉到这种‘静穆’的风味。‘静穆’是一种豁然大悟，得到归依的心情。它好比低眉默想的观音大士，超一切忧喜，同时你也可说它泯化一切忧喜。这种境界在中国诗里不多见。屈原阮籍李白杜甫都不免有些像金刚怒目，愤愤不平的样子。陶潜浑身是‘静穆’，所以他伟大。”

古希腊人，也许把和平静穆看作诗的极境的罢，这一点我毫无知识。但以现存的希腊诗歌而论，荷马的史诗，是雄大而活泼的，沙孚的恋歌，是明白而热烈的，都不静穆。我想，立“静穆”为诗的极境，而此境不见于诗，也许和立蛋形为人体的最高形式，而此形终不见于人一样。至于亚波罗之在山巅，那可因为他是“神”的缘故，无论古今，凡神像，总是放在较高之处的。这像，我曾见过照相，睁着眼睛，神清气爽，并不像“常如作甜蜜梦”。不过看见实物，是否“使我们觉到这种‘静穆’的风味”，在我可就很难断定了，但是，倘使真的觉得，我以为也许有些因为他“古”的缘故。

我也是常常徘徊于雅俗之间的人，此刻的话，很近于大煞风景，但有时却自以为颇“雅”的；间或喜欢看看古董。记得十多年前，在北京认识了一个土财主，不知怎么一来，他也忽然“雅”起来了，买了一个鼎，据说是周鼎，真是土花斑驳，古色古香。而不料过不几天，他竟叫铜匠把它的土花和铜绿擦得一干二净，这才摆在客厅里，闪闪的发着铜光。这样的擦得精光的古铜器，我一生中还没有见过第二个。一切“雅士”，听到的无不大笑，我在当时，也不禁由吃惊而失笑了，但接着就变成肃然，好像得了一种启示。这启示并非“哲学的意蕴”，是觉得这才看见了近于真相的周鼎。鼎在周朝，恰如碗之在现代，我们的碗，无整年不洗之理，所以鼎在当时，一定是干干净净，金光灿烂的，换了术语来说，就是它并不“静穆”，倒有些“热烈”。这一种俗气至今未脱，变化了我衡量古美术的眼光，例如希腊雕刻罢，我总以为它现在之见得“只剩一味醇朴”者，原因之一，是在曾埋土中，或久经风雨，失去了锋棱和光泽的缘故，雕造的当时，一定是崭新，雪白，而且发闪的，所以我们现在所见的希腊之美，其实并不准是当时希腊人之所谓美，我们应该悬想它是一件新东西。

凡论文艺，虚悬了一个“极境”，是要陷入“绝境”的，在艺术，会迷惘于土花，在文学，则被拘迫而“摘句”。但“摘句”又大足以困人，所以朱先生就只能取钱起的两句，而踢开他的全篇，又用这两句来概括作者的全人，又用这两句来打杀了屈原，阮籍，李白，杜甫等辈，以为“都不免有些像金刚怒目，愤愤不平的样子”。其实是他们四位，都因为垫高朱先生的美学说，做了冤屈的牺牲的。

我们现在先来看一看钱起的全篇罢：

省试湘灵鼓瑟

善鼓云和瑟，常闻帝子灵，冯夷空自舞，楚客不堪听。苦调凄金石，清音入杳冥。苍梧来怨慕，白芷动芳馨。流水传湘浦，悲风过洞庭。曲终人不见，江上数峰青。

要证成“醇朴”或“静穆”，这全篇实在是不宜称引的，因为中间的四联，颇近于所谓“衰飒”。但没有上文，末两句便显得含胡，不过这含胡，却也许又是称引者之所谓超妙。现在一看题目，便明白“曲终”者结“鼓瑟”，“人不见”者点“灵”字，“江上数峰青”者做“湘”字，全篇虽不失为唐人的好试帖，但末两句也并不怎么神奇了。况且题上明说是“省试”，当然不会有“愤愤不平的样子”，假使屈原不和椒兰吵架，却上京求取功名，我想，他大约也不至于在考卷上大发牢骚的，他首先要防落第。

我们于是应该再来看看这《湘灵鼓瑟》的作者的另外的诗了。但我手头也没有他的诗集，只有一部《大历诗略》，也是迂夫子的选本，不过篇数却不少，其中有一首是：

下第题长安客舍

不遂青云望，愁看黄鸟飞。梨花寒食夜，客子未春衣。
世事随时变，交情与我违。空余主人柳，相见却依依。

一落第，在客栈的墙壁上题起诗来，他就不免有些愤愤了，可见那一首《湘灵鼓瑟》，实在是因为题目，又因为省试，所以只好如此圆转活脱。他和屈原、阮籍、李白、杜甫四位，有时都不免是怒目金刚，但就全体而论，他长不到丈六。

世间有所谓“就事论事”的办法，现在就诗论诗，或者也可以说是无碍的罢。不过我总以为倘要论文，最好是顾及全篇，并且顾及作者的全人，以及他所处的社会状态，这才较为确凿。要不然，是很容易近乎说梦的。但我也并非反对说梦，我只主张听者心里明白所听的是说梦，这和我劝那些认真的读者不要专凭选本和标点本为法宝来研究文学的意思，大致并无不同。自己放出眼光看过较多的作品，就知道历来的伟大的作者，是没有一个“浑身是‘静穆’”的。陶潜正因为并非“浑身是‘静穆’，所以他伟大”。现在之所以往往被尊为“静穆”，是因为他被选文家和摘句家所缩小，凌迟了。

八

现在还在流传的古人文集，汉人的已经没有略存原状的了，魏的嵇康，所存的集子里还有别人的赠答和论难，晋的阮籍，集里也有伏义的来信，大约都是很古的残本，由后人重编的。《谢宣城集》虽然只剩了前半部，但有他的同僚一同赋咏的诗。我以为这样的集子最好，因为一面看作者的文章，一面又可以见他和别人的关系，他的作品，比之同咏者，高下如何，他为什么要说那些话……现在采取这样的编法的，据我所知道，则《独秀文存》，也附有和所存的“文”相关的别人的文字。

那些了不得的作家，谨严入骨，惜墨如金，要把一生的作品，只删存一个或者三四个字，刻之泰山顶上，“传之其人”，那当然听他自己的便，还有鬼蜮似的“作家”，明明有天兵天将保佑，姓名大可公开，他却偏要躲躲闪闪，生怕他的“作品”和自己的原形发生关系，随作随删，删到只剩下一张白纸，到底什么也没有，那当然也听他自己的便。如果多少和社会有些关系的文字，我以为是都应该集印的，其中当然夹杂着许多废料，所谓“榛楛弗剪”，然而这才是深山大泽。现在已经不像古代，要手抄，要木刻，只要用铅字一排就够。虽说排印，糟蹋纸墨自然也还是糟蹋纸墨的，不过只要一想连杨邨人之流的东西也还在排印，那就无论什么都可以闭着眼睛发出去了。中国人常说，“有一利必有一弊”，也就是“有一弊必有一利”：揭起小无耻之旗，固然要引出无耻群，但使谦让者泼剌起来，却是一利。

收回了谦让的人，在实际上也并不少，但又是所谓“爱惜自己”的居多。“爱惜自己”当然并不是坏事情，至少，他不至于无耻，然而有些人往往误认“装点”和“遮掩”为“爱惜”。集子里面，有兼收“少作”的，然而偏去修改一下，在孩子的脸上，种上一撮白胡须；也有兼收别人之作的，然而又大加拣选，决不取谩骂诬蔑的文章，以为无价值。其实是这些东西，一样的和本文都有价值的，即使那力量还不够引出无耻群，但倘和有价值的本文有关，这就是它在当时的价值。中国的史家是早已明白了这一点的，所以历史里大抵有循吏传，隐逸传，却也有酷吏传和佞幸传，有忠臣传，也有奸臣传。因为不如此，便无从知道全般。

而且一任鬼蜮的技俩随时消灭，也不能洞晓反鬼蜮者的人和文章。山林隐逸之作不必论，倘使这作者是身在人间，带些战斗性的，那么，他在社会上一定有敌对。只是这些敌对决不肯自承，时时撒娇道：“冤乎枉哉，这是他把我当作假想敌了呀！”可是留心一看，他的确在放暗箭，一经指出，这才改为明枪，但又说这是因为被诬为“假想敌”的报复。所用的技俩，也是决不肯任其流传的，不但事后要它消灭，就是临时也在躲闪；而编集子的人又不屑收录。于是到得后来，就只剩了一面的文章了，无可对比，当时的抗战之作，就都好像无的放矢，独个人在向着空中发疯。我尝见人评古人的文章，说谁是“锋棱太露”，谁又是“剑拔弩张”，就因为对面的文章，完全消灭了的缘故，倘在，是也许可以减去评论家几分懵懂的。所以我以为以后该有博采种种所谓无价值的别人的文章，作为附录的集子。以前虽无成例，却是留给后来的宝贝，其功用与铸了魑魅罔两的形状的禹鼎相同。

就是近来的有些期刊，那无聊，无耻与下流，也是世界上不可多得的物事，然而这又确是现代中国的或一群人的“文学”，现在可以知今，将来可以知古，较大的图书馆，都必须保存的。但记得C君曾经告诉我，不但这些，连认真切实的期刊，也保存的很少，大抵只在把外国的杂志，一大本一大本的装起来：还是生着“贵古而贱今，忽近而图远”的老毛病。

九

仍是上文说过的所谓《珍本丛书》之一的张岱《琅嬛文集》，那卷三的书牍类里，有《又与毅儒八弟》的信，开首说：

> “前见吾弟选《明诗存》，有一字不似钟谭者，必弃置不取；今几社诸君子盛称王李，痛骂钟谭，而吾弟选法

又与前一变，有一字似钟谭者，必弃置不取。钟谭之诗集，仍此诗集，吾弟手眼，仍此手眼，而乃转若飞蓬，捷如影响，何胸无定识，目无定见，口无定评，乃至斯极耶？盖吾弟喜钟谭时，有钟谭之好处，尽有钟谭之不好处，彼盖玉常带璞，原不该尽视为连城；吾弟恨钟谭时，有钟谭之不好处，仍有钟谭之好处，彼盖瑕不掩瑜，更不可尽弃为瓦砾。吾弟勿以几社君子之言，横据胸中，虚心平气，细细论之，则其妍丑自见，奈何以他人好尚为好尚哉！……”

这是分明的画出随风转舵的选家的面目，也指证了选本的难以凭信的。张岱自己，则以为选文造史，须无自己的意见，他在《与李砚翁》的信里说：“弟《石匮》一书，泚笔四十余载，心如止水秦铜，并不自立意见，故下笔描绘，妍媸自见，敢言刻划，亦就物肖形而已。……”然而心究非镜，也不能虚，所以立“虚心平气”为选诗的极境，“并不自立意见”为作史的极境者，也像立“静穆”为诗的极境一样，在事实上不可得。数年前的文坛上所谓“第三种人”杜衡辈，标榜超然，实为群丑，不久即本相毕露，知耻者皆羞称之，无待这里多说了；就令自觉不怀他意，屹然中立如张岱者，其实也还是偏倚的。他在同一信中，论东林云：

“……夫东林自顾泾阳讲学以来，以此名目，祸我国家者八九十年，以其党升沉，用占世数兴败，其党盛则为终南之捷径，其党败则为元祐之党碑。……盖东林首事者实多君子，窜入者不无小人，拥戴者皆为小人，招徕者亦有君子，此其间线索甚清，门户甚迥。……东林之中，其庸庸碌碌者不必置论，如贪婪强横之王图，奸险凶暴之李三才，闯贼首辅之项煜，上笺劝进之周钟，以致窜入东林，乃欲俱奉之以君子，则吾臂可断，决不敢徇情也。东林之尤可丑者，时敏之降闯贼曰，‘吾东林时敏也’，以冀大用。鲁王监国，蕞尔小朝廷，科道任孔当辈犹曰，‘非东林不可进用’。则是东林二字，直与蕞尔鲁国及汝偕亡者。手刃此辈，置之汤镬，出薪真不可不猛也。……”

这真可谓“词严义正”。所举的群小，也都确实的，尤其是时敏，虽在三百年后，也何尝无此等人，真令人惊心动魄。然而他的严责东林，是因为东林党中也有小人，古今来无纯一不杂的君子群，于是凡有党社，必为自谓中立者所不满，就大体而言，是好人多还是坏人多，他就置之不论了。或者还更加一转云：东林虽多君子，然亦有小人，反东林者虽多小人，然亦有正士，于是好像两面都有好坏，并无不同，但因东林世称君子，故有小人即可丑，反东林者本为小人，故有正士则可嘉，苛求君子，宽纵小人，自以为明察秋毫，而实则反助小人张目。倘说：东林中虽亦有小人，然多数为君子，反东林者虽亦有正士，而大抵是小人。那么，斤量就大不相同了。

谢国桢先生作《明清之际党社运动考》，钩索文籍，用力甚勤，叙魏忠贤两次虐杀东林党人毕，说道：“那时候，亲戚朋友，全远远的躲避，无耻的士大夫，早投降到魏党的旗帜底下了。说一两句公道话，想替诸君子帮忙的，只有几个书呆子，还有几个老百姓。”

这说的是魏忠贤使缇骑捕周顺昌，被苏州人民击散的事。诚然，老百姓虽然不读诗书，不明史法，不解在瑜中求瑕，屎里觅道，但能从大概上看，明黑白，辨是非，往往有决非清高通达的士大夫所可几及之处的。刚刚接到本日的《大美晚报》，有“北平特约通讯”，记学生游行，被警察水龙喷射，棍击刀砍，一部分则被闭于城外，使受冻馁，“此时燕冀中学师大附中及附近居民纷纷组织慰劳队，送水烧饼馒头等食物，学生略解饥肠……”谁说中国的老百姓是庸愚的呢，被愚弄诓骗压迫到现在，还明白如此。张岱又说：“忠臣义士多见于国破家亡之际，如敲石出火，一闪即灭，人主不急起收之，则火种绝矣。”（《越绝诗小序》）他所指的“人主”是明太祖，和现在的情景不相符。

石在，火种是不会绝的。但我要重申九年前的主张：不要再请愿！

十二月十八——十九夜。

儗播布美术意见书

一 何为美术

美术为词，中国古所不道，此之所用，译自英之爱忒（art or fine art）。爱忒云者，原出希腊，其谊为艺，是有几神，先民所祈，以冀工巧之具足，亦犹华土工师，无不有崇祀拜祷矣。顾在今兹，则词中函有美丽之意，凡是者不当以美术称。

希腊之民，以美术著于世，然其造作，初无研肄，仅凭直觉之力，以判别天物美恶，惟其为觉敏，故所成就者神。盖凡有人类，能具二性：一曰受，二曰作。受者譬如曙日出海，瑶草作华，若非白痴，莫不领会感动；既有领会感动，则一二才士，能使再现，以成新品，是谓之作。故作者出于思，倘其无思，即无美术。然所见天物，非必圆满，华或槁谢，林或荒秽，再现之际，当加改造，俾其得宜，是曰美化，倘其无是，亦非美术。故美术者，有三要素：一曰天物，二曰思理，三曰美化。缘美术必有此三要素，故与他物之界域极严。刻玉之状为叶，髹漆之色乱金，似矣，而不得谓之美术。象齿方寸，文字千万，核桃一丸，台榭数重，精矣，而不得谓之美术。几案可以弛张，什器轻于携取，便于用矣，而不得谓之美术。太古之遗物，绝域之奇器，罕矣，而非必为美术。重碧大赤，陆离斑驳，以其戟刺，夺人目睛，艳矣，而非必为美术，此尤不可不辨者也。

二 美术之类别

由前之言，可知美术云者，即用思理以美化天物之谓。苟合于此，则无问外状若何，咸得谓之美术；如雕塑，绘画，文章，建筑，音乐皆是也。区分之法，始于希腊伯拉图，其类凡二：

（甲）静美术　　（乙）动美术

伯氏以雕塑，绘画为静，音乐，文章为动，事属草创，为说不完。后有法人跋多区分为三，德人黑智尔承之。

（甲）目之美术　　（乙）耳之美术　　（丙）心之美术

属于目者为绘画雕塑，属于耳者为音乐，属于心者为文章，其说之不能具是，无异前古。近时英人珂尔文以为区别之术，可得三种，今且述于次；凡有美术，均可取其一以分隶之。

（一）（甲）形之美术　　（乙）声之美术

美术有可见可触者，如绘画，雕塑，建筑，是为形美；有不可见不可触者，如音乐，文章，是为音美。顾中国文章之美，乃为形声二者，是又非此例所能赅括也。

（二）（甲）摹拟美术　　（乙）独造美术

美术有拟象天物者，为雕刻，绘画，诗歌；有独造者，为建筑，音乐。此二者虽间亦微涉天物，而繁复腠会，几于脱离。

（三）（甲）致用美术　　（乙）非致用美术

美术之中，涉于实用者，厥惟建筑。他如雕刻，绘画，文章，音乐，皆与实用无所系属者也。

三 美术之目的与致用

言美术之目的者，为说至繁，而要以与人享乐为臬极，惟于利用有无，有所抵午。主美者以为美术目的，即在美术，其于他事，更无关系。诚言目的，此其正解。然主用者则以为美术必有利于世，傥其不尔，即不足存。顾实则美术诚谛，固在发扬真美，以娱人情，比其见利致用，乃不期之成果。沾沾于用，甚嫌执持，惟以颇合于今日国人之公意，故从而略述之如次：

一、美术可以表见文化　凡有美术，皆足以征表一时及一族之思惟，故亦即国魂之现象；若精神递变，美术辄从之以转移。此诸品物，长留人世，故虽武功文教，与时间同其灰灭，而赖有美术为之保存，俾在方来，有所考见。他若盛典侅事，胜地名人，亦往往以美术之力，得以永住。

一、美术可以辅翼道德　美术之目的，虽与道德不尽符，然其力足以渊邃人之性情，崇高人之好尚，亦可辅道德以为治。物质文明，日益曼衍，人情因亦日趣于肤浅；今以此优美而崇大之，则高洁之情独存，邪秽之念不作，不待惩劝，而国乂安。

一、美术可以救援经济　方物见斥，外品流行，中国经济，遂以困匮。然品物材质，诸国所同，其差异者，独在造作。美术弘布，作品自胜，陈诸市肆，足越殊方，尔后金资，不虞外溢。故徒言崇尚国货者末，而发挥美术，实其本根。

四 播布美术之方

美术之用，大者既得三事，而本有之目的，又在与人以享乐，则实践此目的之方术，自必在于播布。播布云者，谓不更幽秘，而传诸人间，使与国人耳目接，以发美术之真谛，起国人之美感，更以冀美术家之出世也。兹拟应行之事如次：

一 建设事业

美术馆 当就政府所在地，立中央美术馆，为光复纪念，次更及诸地方。建筑之法，宜广征专家意见，会集图案，择其善者，或即以旧有著名之建筑充之。所列物品，为中国旧时国有之美术品。

美术展览会 建筑之法如上。以陈列私人所藏，或美术家新造之品。

剧场 建筑之法如上。其所演宜用中国新剧，或翻译外国著名新剧，更不参用古法；复以图书陈说大略，使观者咸喻其意。若中国旧剧，宜别有剧场，不与新剧混淆。

奏乐堂 当就公园或公地，设立奏乐之处，定日演奏新乐，不更参以旧乐；惟必先以小书说明，俾听者咸能领会。

文艺会 当招致文人学士，设立集会，审国人所为文艺，择其优者加以奖励，并助之流布。且决定域外著名图籍若干，译为华文，布之国内。

一 保存事业

著名之建筑 伽蓝宫殿，古者多以宗教或帝王之威力，令国人成之；故时世既迁，不能更见，所当保存，无令毁坏。其他若史上著名之地，或名人故居，祠宇，坟墓等，亦当令地方议定，施以爱护，或加修饰，为国人观瞻游步之所。

碑碣 椎拓既多，日就漫漶，当令禁止，俾得长存。

壁画及造象 梵刹及神祠中有之，间或出于名手。近时假破除迷信为名，任意毁坏，当考核作手，指定保存。

林野 当审察各地优美林野，加以保护，禁绝剪伐；或相度地势，辟为公园。其美丽之动植物亦然。

一 研究事业

古乐 当立中国古乐研究会，令勿中绝，并择其善者，布之国中。

国民文术 当立国民文术研究会，以理各地歌谣，俚谚，传说，童话等；详其意谊，辨其特性，又发挥而光大之，并以辅翼教育。

对于批评家的希望

前两三年的书报上，关于文艺的大抵只有几篇创作（姑且这样说）和翻译，于是读者颇有批评家出现的要求，现在批评家已经出现了，而且日见其多了。

以文艺如此幼稚的时候，而批评家还要发掘美点，想扇起文艺的火焰来，那好意实在很可感。即不然，或则叹息现代作品的浅薄，那是望著作家更其深，或则叹息现代作品之没有血泪，那是怕著作界复归于轻佻。虽然似乎微辞过多，其实却是对于文艺的热烈的好意，那也实在是很可感谢的。

独有靠了一两本"西方"的旧批评论，或则捞一点头脑板滞的先生们的唾余，或则仗着中国固有的什么天经地义之类的，也到文坛上来践踏，则我以为委实太滥用了批评的权威。试将粗浅的事来比罢：譬如厨子做菜，有人品评他坏，他固不应该将厨刀铁釜交给批评者，说道你试来做一碗好的看：但他却可以有几条希望，就是望吃菜的没有“嗜痂之癖”，没有喝醉了酒，没有害着热病，舌苔厚到二三分。

我对于文艺批评家的希望却还要小。我不敢望他们于解剖裁判别人的作品之前，先将自己的精神来解剖裁判一回，看本身有无浅薄卑劣荒谬之处，因为这事情是颇不容易的。我所希望的不过愿其有一点常识，例如知道裸体画和春画的区别，接吻和性交的区别，尸体解剖和戮尸的区别，出洋留学和“放诸四夷”的区别，笋和竹的区别，猫和老虎的区别，老虎和番菜馆的区别……更进一步，则批评以英美的老先生学说为主，自然是悉听尊便的，但尤希望知道世界上不止英美两国；看不起托尔斯泰，自然也自由的，但尤希望先调查一点他的行实，真看过几本他所做的书。

还有几位批评家，当批评译本的时候，往往诋为不足齿数的劳力，而怪他何不去创作。创作之可尊，想来翻译家该是知道的，然而他竟止于翻译者，一定因为他只能翻译，或者偏爱翻译的缘故。所以批评家若不就事论事，而说些应当去如此如彼，是溢出于事权以外的事，因为这类言语，是商量教训而不是批评。现在还将厨子来比，则吃菜的只要说出品味如何就尽够，若于此之外，又怪他何以不去做裁缝或造房子，那是无论怎样的呆厨子，也难免要说这位客官是痰迷心窍的了。

十一月九日。

反对“含泪”的批评家

现在对于文艺的批评日见其多了，是好现象；然而批评日见其怪了，是坏现象，愈多反而愈坏。

我看了很觉得不以为然的是胡梦华君对于汪静之君《蕙的风》的批评，尤其觉得非常不以为然的是胡君答复章鸿熙君的信。

一，胡君因为《蕙的风》里有一句“一步一回头瞟我意中人”，便科以和《金瓶梅》一样的罪：这是锻炼周纳的。《金瓶梅》卷首诚然有“意中人”三个字，但不能因为有三个字相同，便说这书和那书是一模样。例如胡君要青年去忏悔，而《金瓶梅》也明明说是一部“改过的书”，若因为这一点意思偶合，而说胡君的主张也等于《金瓶梅》，我实在没有这样的粗心和大胆。我以为中国之所谓道德家的神经，自古以来，未免过敏而又过敏了，看见一句“意中人”，便即想到《金瓶梅》，看见一个“瞟”字，便即穿凿到别的事情上去。然而一切青年的心，却未必都如此不净；倘竟如此不净，则即使“授受不亲”，后来也就会“瞟”，以至于瞟以上的等等事，那时便是一部《礼记》，也即等于《金瓶梅》了，又何有于《蕙的风》？

二，胡君因为诗里有“一个和尚悔出家”的话，便说是诬蔑了普天下和尚，而且大呼释迦牟尼佛：这是近于宗教家而且援引多数来恫吓，失了批评的态度的。其实一个和尚悔出家，并不是怪事，若普天下的和尚没有一个悔出家的，那倒是大怪事。中国岂不是常有酒肉和尚，还俗和尚么？非“悔出家”而何？倘说那些是坏和尚，则那诗里的便是坏和尚之一，又何至诬蔑了普天下的和尚呢？这正如胡君说一本诗集是不道德，并不算诬蔑了普天下的诗人。至于释迦牟尼，可更与文艺界“风马牛”了，据他老先生的教训，则做诗便犯了“绮语戒”，无论道德或不道德，都不免受些孽报，可怕得很的！

三，胡君说汪君的诗比不上歌德和雪利，我以为是对的。但后来又说，“论到人格，歌德一生而十九娶，为世诟病，正无可讳。然而歌德所以垂世不朽者，乃五十岁以后忏悔的歌德，我们也知道么？”这可奇特了。雪利我不知道，若歌德即Goethe，则我敢替他呼几句冤，就是他并没有“一生而十九娶”，并没有“为世诟病”，并没有“五十岁以后忏悔”。而且对于胡君所说的“自‘耳食’之风盛，歌德，雪利之真人格遂不为国人所知，无识者流，更妄相援引，可悲亦复可笑！”这一段话，也要请收回一些去。

我不知道汪君可曾过了五十岁，倘没有，则即使用了胡君的论调来裁判，似乎也还不妨做“一步一回头瞟我意中人”的诗，因为以歌德为例，也还没有到“忏悔”的时候。

临末，则我对于胡君的“悲哀的青年，我对于他们只有不可思议的眼泪！”“我还想多写几句，我对于悲哀的青年底不可思议的泪已盈眶了。”这一类话，实在不明白“其意何居”。批评文艺，万不能以眼泪的多少来定是非。文艺界可以收到创作家的眼泪，而沾了批评家的眼泪却是污点。胡君的眼泪的确洒得非其地，非其时，未免万分可惜了。

起稿已完，才看见《青光》上的一段文章，说近人用先生和君，含有尊敬和小觑的差别意见。我在这文章里正用君，但初意却不过贪图少写一个字，并非有什么《春秋》笔法。现在声明于此，却反而多写了许多字了。

十一月十七日。

论睁了眼看

虚生先生所做的时事短评中，曾有一个这样的题目："我们应该有正眼看各方面的勇气"（《猛进》十九期）。诚然，必须敢于正视，这才可望敢想，敢说，敢作，敢当。倘使并正视而不敢，此外还能成什么气候。然而，不幸这一种勇气，是我们中国人最所缺乏的。

但现在我所想到的是别一方面——

中国的文人，对于人生，——至少是对于社会现象，向来就多没有正视的勇气。我们的圣贤，本来早已教人"非礼勿视"的了；而这"礼"又非常之严，不但"正视"，连"平视""斜视"也不许。现在青年的精神未可知，在体质，却大半还是弯腰曲背，低眉顺眼，表示着老牌的老成的子弟，驯良的百姓，——至于说对外却有大力量，乃是近一月来的新说，还不知道究竟是如何。

再回到"正视"问题去：先既不敢，后便不能，再后，就自然不视，不见了。一辆汽车坏了，停在马路上，一群人围着呆看，所得的结果是一团乌油油的东西。然而由本身的矛盾或社会的缺陷所生的苦痛，虽不正视，却要身受的。文人究竟是敏感人物，从他们的作品上看来，有些人确也早已感到不满，可是一到快要显露缺陷的危机一发之际，他们总即刻连说“并无其事”，同时便闭上了眼睛。这闭着的眼睛便看见一切圆满，当前的苦痛不过是“天之将降大任于是人也，必先苦其心志，劳其筋骨，饿其体肤，空乏其身，行拂乱其所为。”于是无问题，无缺陷，无不平，也就无解决，无改革，无反抗。因为凡事总要“团圆”，正无须我们焦躁；放心喝茶，睡觉大吉。再说费话，就有“不合时宜”之咎，免不了要受大学教授的纠正了。呸！

我并未实验过，但有时候想：倘将一位久蛰洞房的老太爷抛在夏天正午的烈日底下，或将不出闺门的千金小姐拖到旷野的黑夜里，大概只好闭了眼睛，暂续他们残存的旧梦，总算并没有遇到暗或光，虽然已经是绝不相同的现实。中国的文人也一样，万事闭眼睛，聊以自欺，而且欺人，那方法是：瞒和骗。

中国婚姻方法的缺陷，才子佳人小说作家早就感到了，他于是使一个才子在壁上题诗，一个佳人便来和，由倾慕——现在就得称恋爱——而至于有“终身之约”。但约定之后，也就有了难关。我们都知道，“私订终身”在诗和戏曲或小说上尚不失为美谈（自然只以与终于中状元的男人私订为限），实际却不容于天下的，仍然免不了要离异。明末的作家便闭上眼睛，并这一层也加以补救了，说是：才子及第，奉旨成婚。“父母之命媒妁之言”经这大帽子来一压，便成了半个铅钱也不值，问题也一点没有了。假使有之，也只在才子的能否中状元，而决不在婚姻制度的良否。

（近来有人以为新诗人的做诗发表，是在出风头，引异性；且迁怒于报章杂志之滥登。殊不知即使无报，墙壁实“古已有之”，早做过发表机关了；据《封神演义》，纣王已曾在女娲庙壁上题诗，那起源实在非常之早。报章可以不取白话，或排斥小诗，墙壁却拆不完，管不及的；倘一律刷成黑色，也还有破磁可划，粉笔可书，真是穷于应付。做诗不刻木板，去藏之名山，却要随时发表，虽然很有流弊，但大概是难以杜绝的罢。）

《红楼梦》中的小悲剧，是社会上常有的事，作者又是比较的敢于实写的，而那结果也并不坏。无论贾氏家业再振，兰桂齐芳，即宝玉自己，也成了个披大红猩猩毡斗篷的和尚。和尚多矣，但披这样阔斗篷的能有几个，已经是“入圣超凡”无疑了。至于别的人们，则早在册子里一一注定，末路不过是一个归结：是问题的结束，不是问题的开头。读者即小有不安，也终于奈何不得。然而后来或续或改，非借尸还魂，即冥中另配，必令“生旦当场团圆”，才肯放手者，乃是自欺欺人的瘾太大，所以看了小小骗局，还不甘心，定须闭眼胡说一通而后快。赫克尔（E. Haeckel）说过：人和人之差，有时比类人猿和原人之差还远。我们将《红楼梦》的续作者和原作者一比较，就会承认这话大概是确实的。

“作善降祥”的古训，六朝人本已有些怀疑了，他们作墓志，竟会说“积善不报，终自欺人”的话。但后来的昏人，却又瞒起来。元刘信将三岁痴儿抛入醮纸火盆，妄希福祐，是见于《元典章》的；剧本《小张屠焚儿救母》却道是为母延命，命得延，儿亦不死了。一女愿侍痼疾之夫，《醒世恒言》中还说终于一同自杀的；后来改作的却道是有蛇坠入药罐里，丈夫服后便全愈了。凡有缺陷，一经作者粉饰，后半便大抵改观，使读者落诬妄中，以为世间委实尽够光明，谁有不幸，便是自作，自受。

有时遇到彰明的史实，瞒不下，如关羽岳飞的被杀，便只好别设骗局了。一是前世已造夙因，如岳飞；一是死后使他成神，如关羽。定命不可逃，成神的善报更满人意，所以杀人者不足责，被杀者也不足悲，冥冥中自有安排，使他们各得其所，正不必别人来费力了。

中国人的不敢正视各方面，用瞒和骗，造出奇妙的逃路来，而自以为正路。在这路上，就证明着国民性的怯弱，懒惰，而又巧滑。一天一天的满足着，即一天一天的堕落着，但却又觉得日见其光荣。在事实上，亡国一次，即添加几个殉难的忠臣，后来每不想光复旧物，而只去赞美那几个忠臣；遭劫一次，即造成一群不辱的烈女，事过之后，也每每不思惩凶，自卫，却只顾歌咏那一群烈女。仿佛亡国遭劫的事，反而给中国人发挥“两间正气”的机会，增高价值，即在此一举，应该一任其至，不足忧悲似的。自然，此上也无可为，因为我们已经借死人获得最上的光荣了。沪汉烈士的追悼会中，活的人们在一块很可景仰的高大的木主下互相打骂，也就是和我们的先辈走着同一的路。

文艺是国民精神所发的火光，同时也是引导国民精神的前途的灯火。这是互为因果的，正如麻油从芝麻榨出，但以浸芝麻，就使它更油。倘以油为上，就不必说；否则，当参入别的东西，或水或硷去。中国人向来因为不敢正视人生，只好瞒和骗，由此也生出瞒和骗的文艺来，由这文艺，更令中国人更深地陷入瞒和骗的大泽中，甚而至于已经自己不觉得。世界日日改变，我们的作家取下假面，真诚地，深入地，大胆地看取人生并且写出他的血和肉来的时候早到了；早就应该有一片崭新的文场，早就应该有几个凶猛的闯将！

现在，气象似乎一变，到处听不见歌吟花月的声音了，代之而起的是铁和血的赞颂。然而倘以欺瞒的心，用欺瞒的嘴，则无论说A和O，或Y和Z，一样是虚假的；只可以吓哑了先前鄙薄花月的所谓批评家的嘴，满足地以为中国就要中兴。可怜他在“爱国”的大帽子底下又闭上了眼睛了——或者本来就闭着。

没有冲破一切传统思想和手法的闯将，中国是不会有真的新文艺的。

一九二五年七月二十二日。

太平歌诀

四月六日的《申报》上有这样的一段记事：——

> 南京市近日忽发现一种无稽谣传，谓总理墓行将工竣，石匠有摄收幼童灵魂，以合龙口之举。市民以讹传讹，自相惊扰，因而家家幼童，左肩各悬红布一方，上书歌诀四句，借避危险。其歌诀约有三种：（一）人来叫我魂，自叫自当承。叫人叫不着，自己顶石坟。（二）石叫石和尚，自叫自承当。急早回家转，免去顶坟坛。（三）你造中山墓，与我何相干？一叫魂不去，再叫自承当。（后略）

这三首中的无论那一首，虽只寥寥二十字，但将市民的见解：对于“革命”政府的关系，对于革命者的感情，都已经写得淋漓尽致。虽有善于暴露社会黑暗面的文学家，恐怕也难有做到这么简明深切的了。“叫人叫不着，自己顶石坟”。则竟包括了许多革命者的传记和一部中国革命的历史。

看看有些人们的文字，似乎硬要说现在是“黎明之前”。然而市民是这样的市民，黎明也好，黄昏也好，革命者们总不能不背着这一伙市民进行。鸡肋，弃之不甘，食之无味，就要这样地牵缠下去。五十一百年后能否就有出路，是毫无把握的。

近来的革命文学家往往特别畏惧黑暗，掩藏黑暗，但市民却毫不客气，自己表现了。那小巧的机灵和这厚重的麻木相撞，便使革命文学家不敢正视社会现象，变成婆婆妈妈，欢迎喜鹊，憎厌枭鸣，只捡一点吉祥之兆来陶醉自己，于是就算超出了时代。

恭喜的英雄，你前去罢，被遗弃了的现实的现代，在后面恭送你的行旌。

但其实还是同在。你不过闭了眼睛。不过眼睛一闭，“顶石坟”却可以不至于了，这就是你的“最后的胜利”。

四月十日。

文艺的大众化

文艺本应该并非只有少数的优秀者才能够鉴赏，而是只有少数的先天的低能者所不能鉴赏的东西。

倘若说，作品愈高，知音愈少。那么，推论起来，谁也不懂的东西，就是世界上的绝作了。

但读者也应该有相当的程度。首先是识字，其次是有普通的大体的知识，而思想和情感，也须大抵达到相当的水平线。否则，和文艺即不能发生关系。若文艺设法俯就，就很容易流为迎合大众，媚悦大众。迎合和媚悦，是不会于大众有益的。——什么谓之“有益”，非在本问题范围之内，这里且不论。

所以在现下的教育不平等的社会里，仍当有种种难易不同的文艺，以应各种程度的读者之需。不过应该多有为大众设想的作家，竭力来作浅显易解的作品，使大家能懂，爱看，以挤掉一些陈腐的劳什子。但那文字的程度，恐怕也只能到唱本那样。

因为现在是使大众能鉴赏文艺的时代的准备，所以我想，只能如此。

倘若此刻就要全部大众化，只是空谈。大多数人不识字；目下通行的白话文，也非大家能懂的文章；言语又不统一，若用方言，许多字是写不出的，即使用别字代出，也只为一处地方人所懂，阅读的范围反而收小了。

总之，多作或一程度的大众化的文艺，也固然是现今的急务。若是大规模的设施，就必须政治之力的帮助，一条腿是走不成路的，许多动听的话，不过文人的聊以自慰罢了。

关于小说题材的通信

回信

Y 及 T 先生：

接到来信后，未及回答，就染了流行性感冒，头重眼肿，连个字也不能写，近几天总算好起来了，这才来写回信。同在上海，而竟拖延到一个月，这是非常抱歉的。

两位所问的，是写短篇小说的时候，取来应用的材料的问题。而作者所站的立场，如信上所写，则是小资产阶级的立场。如果是战斗的无产者，只要所写的是可以成为艺术品的东西，那就无论他所描写的是什么事情，所使用的是什么材料，对于现代以及将来一定是有贡献的意义的。为什么呢？因为作者本身便是一个战斗者。

但两位都并非那一阶级，所以当动笔之先，就发生了来信所说似的疑问。我想，这对于目前的时代，还是有意义的，然而假使永是这样的脾气，却是不妥当的。

别阶级的文艺作品，大抵和正在战斗的无产者不相干。小资产阶级如果其实并非与无产阶级一气，则其憎恶或讽刺同阶级，从无产者看来，恰如较有聪明才力的公子憎恨家里的没出息子弟一样，是一家子里面的事，无须管得，更说不到损益。例如法国的戈兼，痛恨资产阶级，而他本身还是一个道道地地资产阶级的作家。倘写下层人物（我以为他们是不会"在现时代大潮流冲击圈外"的）罢，所谓客观其实是楼上的冷眼，所谓同情也不过空虚的布施，于无产者并无补助。而且后来也很难言。例如也是法国人的波特莱尔，当巴黎公社初起时，他还很感激赞助，待到势力一大，觉得于自己的生活将要有害，就变成反动了。但就目前的中国而论，我以为所举的两种题材，却还有存在的意义。如第一种，非同阶级是不能深知的，加以袭击，撕其面具，当比不熟悉此中情形者更加有力。如第二种，则生活状态，当随时代而变更，后来的作者，也许不及看见，随时记载下来，至少也可以作这一时代的记录。所以对于现在以及将来，还是都有意义的。不过即使"熟悉"，却未必便是"正确"，取其有意义之点，指示出来，使那意义格外分明，扩大，那是正确的批评家的任务。

因此我想，两位是可以各就自己现在能写的题材，动手来写的。不过选材要严，开掘要深，不可将一点琐屑的没有意思的事故，便填成一篇，以创作丰富自乐。这样写去，到一个时候，我料想必将觉得写完，—— 虽然这样的题材的人物，即使几十年后，还有作为残滓而存留，但那时来加以描写刻划的，将是别一种作者，别一样看法了。然而两位都是向着前进的青年，又抱着对于时代有所助力和贡献的意志，那时也一定能逐渐克服自己的生活和意识，看见新路的。

总之，我的意思是：现在能写什么，就写什么，不必趋时，自然更不必硬造一个突变式的革命英雄，自称“革命文学”；但也不可苟安于这一点，没有改革，以致沉没了自己—— 也就是消灭了对于时代的助力和贡献。此复，即颂近佳。

L．S．启。十二月二十五日。

小品文的危机

仿佛记得一两月之前，曾在一种日报上见到记载着一个人的死去的文章，说他是收集“小摆设”的名人，临末还有依稀的感喟，以为此人一死，“小摆设”的收集者在中国怕要绝迹了。

但可惜我那时不很留心，竟忘记了那日报和那收集家的名字。

现在的新的青年恐怕也大抵不知道什么是“小摆设”了。但如果他出身旧家，先前曾有玩弄翰墨的人，则只要不很破落，未将觉得没用的东西卖给旧货担，就也许还能在尘封的废物之中，寻出一个小小的镜屏，玲珑剔透的石块，竹根刻成的人像，古玉雕出的动物，锈得发绿的铜铸的三脚癞虾蟆：这就是所谓“小摆设”。先前，它们陈列在书房里的时候，是各有其雅号的，譬如那三脚癞虾蟆，应该称为“蟾蜍砚滴”之类，最末的收集家一定都知道，现在呢，可要和它的光荣一同消失了。

那些物品，自然决不是穷人的东西，但也不是达官富翁家的陈设，他们所要的，是珠玉扎成的盆景，五彩绘画的磁瓶。那只是所谓士大夫的“清玩”。在外，至少必须有几十亩膏腴的田地，在家，必须有几间幽雅的书斋；就是流寓上海，也一定得生活较为安闲，在客栈里有一间长包的房子，书桌一顶，烟榻一张，瘾足心闲，摩挲赏鉴。然而这境地，现在却已经被世界的险恶的潮流冲得七颠八倒，像狂涛中的小船似的了。

然而就是在所谓“太平盛世”罢，这“小摆设”原也不是什么重要的物品。在方寸的象牙版上刻一篇《兰亭序》，至今还有“艺术品”之称，但倘将这挂在万里长城的墙头，或供在云冈的丈八佛像的足下，它就渺小得看不见了，即使热心者竭力指点，也不过令观者生一种滑稽之感。何况在风沙扑面，狼虎成群的时候，谁还有这许多闲工夫，来赏玩琥珀扇坠，翡翠戒指呢。他们即使要悦目，所要的也是耸立于风沙中的大建筑，要坚固而伟大，不必怎样精；即使要满意，所要的也是匕首和投枪，要锋利而切实，用不着什么雅。

美术上的“小摆设”的要求，这幻梦是已经破掉了，那日报上的文章的作者，就直觉的知道。然而对于文学上的“小摆设”——“小品文”的要求，却正在越加旺盛起来，要求者以为可以靠着低诉或微吟，将粗犷的人心，磨得渐渐的平滑。这就是想别人一心看着《六朝文絜》，而忘记了自己是抱在黄河决口之后，淹得仅仅露出水面的树梢头。

但这时却只用得着挣扎和战斗。

而小品文的生存，也只仗着挣扎和战斗的。晋朝的清言，早和它的朝代一同消歇了。唐末诗风衰落，而小品放了光辉。但罗隐的《谗书》，几乎全部是抗争和愤激之谈；皮日休和陆龟蒙自以为隐士，别人也称之为隐士，而看他们在《皮子文薮》和《笠泽丛书》中的小品文，并没有忘记天下，正是一塌胡涂的泥塘里的光彩和锋铓。明末的小品虽然比较的颓放，却并非全是吟风弄月，其中有不平，有讽刺，有攻击，有破坏。这种作风，也触着了满洲君臣的心病，费去许多助虐的武将的刀锋，帮闲的文臣的笔锋，直到乾隆年间，这才压制下去了。以后呢，就来了“小摆设”。

“小摆设”当然不会有大发展。到五四运动的时候，才又来了一个展开，散文小品的成功，几乎在小说戏曲和诗歌之上。这之中，自然含着挣扎和战斗，但因为常常取法于英国的随笔（Essay），所以也带一点幽默和雍容；写法也有漂亮和缜密的，这是为了对于旧文学的示威，在表示旧文学之自以为特长者，白话文学也并非做不到。以后的路，本来明明是更分明的挣扎和战斗，因为这原是萌芽于“文学革命”以至“思想革命”的。但现在的趋势，却在特别提倡那和旧文章相合之点，雍容、漂亮、缜密，就是要它成为“小摆设”，供雅人的摩挲，并且想青年摩挲了这“小摆设”，由粗暴而变为风雅了。

然而现在已经更没有书桌；雅片虽然已经公卖，烟具是禁止的，吸起来还是十分不容易。想在战地或灾区里的人们来鉴赏罢——谁都知道是更奇怪的幻梦。这种小品，上海虽正在盛行，茶话酒谈，遍满小报的摊子上，但其实是正如烟花女子，已经不能在弄堂里拉扯她的生意，只好涂脂抹粉，在夜里躄到马路上来了。

小品文就这样的走到了危机。但我所谓危机，也如医学上的所谓“极期”（Krisis）一般，是生死的分歧，能一直得到死亡，也能由此至于恢复。麻醉性的作品，是将与麻醉者和被麻醉者同归于尽的。生存的小品文，必须是匕首，是投枪，能和读者一同杀出一条生存的血路的东西；但自然，它也能给人愉快和休息，然而这并不是“小摆设”，更不是抚慰和麻痹，它给人的愉快和休息是休养，是劳作和战斗之前的准备。

八月二十七日。

“京派”与“海派”

栾廷石

自从北平某先生在某报上有扬“京派”而抑“海派”之言，颇引起了一番议论。最先是上海某先生在某杂志上的不平，且引别一某先生的陈言，以为作者的籍贯，与作品并无关系，要给北平某先生一个打击。

其实，这是不足以服北平某先生之心的。所谓“京派”与“海派”，本不指作者的本籍而言，所指的乃是一群人所聚的地域，故“京派”非皆北平人，“海派”亦非皆上海人。梅兰芳博士，戏中之真正京派也，而其本贯，则为吴下。但是，籍贯之都鄙，固不能定本人之功罪，居处的文陋，却也影响于作家的神情，孟子曰：“居移气，养移体”，此之谓也。北京是明清的帝都，上海乃各国之租界，帝都多官，租界多商，所以文人之在京者近官，没海者近商，近官者在使官得名，近商者在使商获利，而自己也赖以糊口。要而言之，不过“京派”是官的帮闲，“海派”则是商的帮忙而已。但从官得食者其情状隐，对外尚能傲然，从商得食者其情状显，到处难于掩饰，于是忘其所以者，遂据以有清浊之分。而官之鄙商，固亦中国旧习，就更使“海派”在“京派”的眼中跌落了。

而北京学界，前此固亦有其光荣，这就是“五四”运动的策动。现在虽然还有历史上的光辉，但当时的战士，却“功成，名遂，身退”者有之，“身稳”者有之，“身升”者更有之，好好的一场恶斗，几乎令人有“若要官，杀人放火受招安”之感。“昔人已乘黄鹤去，此地空余黄鹤楼”，前年大难临头，北平的学者们所想援以掩护自己的是古文化，而惟一大事，则是古物的南迁，这不是自己彻底的说明了北平所有的是什么了吗？

但北平究竟还有古物，且有古书，且有古都的人民。在北平的学者文人们，又大抵有着讲师或教授的本业，论理，研究或创作的环境，实在是比“海派”来得优越的，我希望着能够看见学术上，或文艺上的大著作。

一月三十日。

文化偏至论

中国既以自尊大昭闻天下，善诋谋者，或谓之顽固；且将抱守残阙，以底于灭亡。近世人士，稍稍耳新学之语，则亦引以为愧，翻然思变，言非同西方之理弗道，事非合西方之术弗行，掊击旧物，惟恐不力，曰将以革前缪而图富强也。间尝论之：昔者帝轩辕氏之戡蚩尤而定居于华土也，典章文物，于以权舆，有苗裔之繁衍于兹，则更改张皇，益臻美大。其蠢蠢于四方者，胥蕞尔小蛮夷耳，厥种之所创成，无一足为中国法，是故化成发达，咸出于己而无取乎人。降及周秦，西方有希腊罗马起，艺文思理，灿然可观，顾以道路之艰，波涛之恶，交通梗塞，未能择其善者以为师资。洎元明时，虽有一二景教父师，以教理暨历算质学干中国，而其道非盛。故迄于海禁既开，晳人踵至之顷，中国之在天下，见夫四夷之则效上国，革面来宾者有之；或野心怒发，狡焉思逞者有之；若其文化昭明，诚足以相上下者，盖未之有也。屹然出中央而无校仇，则其益自尊大，宝自有而傲睨万物，固人情所宜然，亦非甚背于理极者矣。虽然，惟无校仇故，则宴安日久，苓落以胎，迫拶不来，上征亦辍，使人茶，使人屯，其极为见善而不思式。有新国林起于西，以其殊异之方术来向，一施吹拂，块然踣傹，人心始自危，而辁才小慧之徒，于是竞言武事。后有学于殊域者，近不知中国之情，远复不察欧美之实，以所拾尘芥，罗列人前，谓钩爪锯牙，为国家首事，又引文明之语，用以自文，征印度、波兰，作之前鉴。夫以力角盈绌者，于文野亦何关？远之则罗马之于东西戈尔，迩之则中国之于蒙古、女真，此程度之离距为何如，决之不待智者。然其胜负之数，果奈何矣？苟曰是惟往古为然，今则机械其先，非以力取，故胜负所判，即文野之由分也。则曷弗启人智而开发其性灵，使知罟获戈矛，不过以御豺虎，而喋喋誉白人肉攫之心，以为极世界之文明者又何耶？且使如其言矣，而举国犹孱，授之巨兵，奚能胜任，仍有僵死而已矣。嗟大，大了盖以习兵事为生，故不根本之图，而仅提所学以干天下；虽兜牟深隐其面，威武若不可陵，而干禄之色，固灼然现于外矣！计其次者，乃复有制造商估立宪国会之说。前二者素见重于中国青年间，纵不主张，治之者亦将不可缕数。盖国若一日存，固足以假力图富强之名，博志士之誉；即有不幸，宗社为墟，而广有金资，大能温饱，即使怙恃既失，或被虐杀如犹太遗黎，然善自退藏，或不至于身受；纵大祸垂及矣，而幸免者非无人，其人又适为己，则能得温饱又如故也。若夫后二，可无论已。中较善者，或诚痛乎外侮迭来，不可终日，自既荒陋，则不得已，姑拾他人之绪余，思鸠大群以抗御，而又飞扬其性，善能攘扰，见异已者兴，必借众以陵寡，托言众治，压制乃尤烈于暴君。此非独于理至悖也，即缘救国是图，不惜以个人为供献，而考索未用，思虑粗疏，茫未识其所以然，辄皈依于众志，盖无殊痼疾之人，去药石摄卫之道弗讲，而乞灵于不知之力，拜祷稽首于祝由之门者哉。至尤下而居多数者，乃无过假是空名，遂其私欲，不顾见诸实事，将事权言议，悉归奔走干进之徒，或至愚屯之富人，否亦善垄断之市侩，特以自长营措，当列其班，况复掩自利之恶名，以福群之令誉，捷径在目，斯不惮竭蹶以求之耳。呜呼，古之临民者，一独夫也；由今之道，且顿变而为千万无赖之尤，民不堪命矣，于兴国究何与焉。顾若而人者，当其号召张皇，盖蔑弗托近世文明为后盾，有佛戾其说者起，辄谥之曰野人，谓为辱国害群，罪当甚于流放。第不知彼所谓文明者，将已立准则，慎施去取，指善美而可行诸中国之文明乎，抑成事旧章，咸弃捐不顾，独指西方文化而为言乎？物质也，众数也，十九世纪末叶文明之一面或在兹，而论者不以为有当。盖今所成就，无一不绳前时之遗迹，则文明必日有其迁流，又或抗往代之大潮，则文明亦不能无偏至。诚若为今立计，所当稽求既往，相度方来，掊物质而张灵明，任个人而排众数。人既发扬踔厉矣，则邦国亦以兴起。奚事抱枝拾叶，徒金铁国会立宪之云乎？夫势利之念昌狂于中，则是非之辨为之昧，措置张主，辄失其宜，况乎志行污下，将借新文明之名，以大遂其私欲者乎？是故今所谓识时之彦，为按其实，则多数常为盲子，宝赤菽以为玄珠，少数乃为巨奸，垂微饵以冀鲸鲵。即不若是，中心皆中正无瑕玷矣，于是拮据辛苦，展其雄才，渐乃志遂事成，终致彼所谓新文明者，举而纳之中国，而此迁流偏至之物，已陈旧于殊方者，馨香顶礼，吾又何为若是其芒芒哉！是何也？曰物质也，众数也，其道偏至。根史实而见于西方者不得已，横取而施之中国则非也。借曰非乎？请循其本——

夫世纪之元，肇于耶稣出世，历年既百，是为一期，大故若兴，斯即此世纪所有事，盖从历来之旧贯，而假是为区分，无奥义也。诚以人事连绵，深有本柢，如流水之必自原泉，卉木之茁于根茇，倏忽隐见，理之必无。故苟为寻绎其条贯本末，大都蝉联而不可离，若所谓某世纪文明之特色何在者，特举荦荦大者而为言耳。按之史实，乃如罗马统一欧洲以来，始生大洲通有之历史；已而教皇以其权力，制御全欧，使列国靡然受圈，如同社会，疆域之判，等于一区；益以梏亡人心，思想之自由几绝，聪明英特之士，虽摘发新理，怀抱新见，而束于教令，胥缄口结舌而不敢言。虽然，民如大波，受沮益浩，则于是始思脱宗教之系缚，英德二国，不平者多，法皇宫庭，实为怨府，又以居于意也，乃并意大利人而疾之。林林之民，咸致同情于不平者，凡有能阻泥教旨，抗拒法皇，无间是非，辄与赞和。时则有路德（M. Luther）者起于德，谓宗教根元，在乎信仰，制度戒法，悉其荣华，力击旧教而仆之。自所创建，在废弃阶级，黜法皇僧正诸号，而代以牧师，职宣神命，置身社会，弗殊常人；仪式祷祈，亦简其法。至精神所注，则在牧师地位，无所胜于平人也。转轮既始，烈栗遍于欧洲，受其改革者，盖非独宗教而已，且波及于其他人事，如邦国离合，争战原因，后兹大变，多基于是。加以束缚弛落，思索自由，社会蔑不有新色，则有尔后超形气学上之发见，与形气学上之发明。以是胚胎，又作新事：发隐地也，善机械也，展学艺而拓贸迁也，非去羁勒而纵人心，不有此也。顾世事之常，有动无定，宗教之改革已，自必益进而求政治之更张。溯厥由来，则以往者颠复法皇，一假君主之权力，变革既毕，其力乃张，以一意孤临万民，在下者不能加之抑制，日夕孳孳，惟开拓封域是务，驱民纳诸水火，绝无所动于心：生计绌，人力耗矣。而物反于穷，民意遂动，革命于是见于英，继起于美，复次则大起于法朗西，扫荡门第，平一尊卑，政治之权，主以百姓，平等自由之念，社会民主之思，弥漫于人心。流风至今，则凡社会政治经济上一切权利，义必悉公诸众人，而风俗习惯道德宗教趣味好尚言语暨其他为作，俱欲去上下贤不肖之闲，以大归乎无差别。同是者是，独是者非，以多数临天下而暴独特者，实十九世纪大潮之一派，且曼衍入今而未有既者也。更举其他，则物质文明之进步是已。当旧教盛时，威力绝世，学者有见，大率默然，其有毅然表白于众者，每每获囚戮之祸。递教力堕地，思想自由，凡百学术之事，勃焉兴起，学理为用，实益遂生，故至十九世纪，而物质文明之盛，直傲睨前此二千余年之业绩。数其著者，乃有棉铁石炭之属，产生倍旧，应用多方，施之战斗制造交通，无不功越于往日；为汽为电，咸听指挥，世界之情状顿更，人民之事业益利。久食其赐，信乃弥坚，渐而奉为圭臬，视若一切存在之本根，且将以之范围精神界所有事，现实生活，胶不可移，惟此是尊，惟此是尚，此又十九世纪大潮之一派，且曼衍入今而未有既者也。虽然，教权庞大，则复之假手于帝王，比大权尽集一人，则又颠之以众庶。理若极于众庶矣，而众庶果足以极是非之端也耶？宴安逾法，则矫之以教宗，递教宗淫用其权威，则又掊之以质力。事若尽于物质矣，而物质果足尽人生之本也耶？平意思之，必不然矣。然而大势如是者，盖如前言，文明无不根旧迹而演来，亦以矫往事而生偏至，缘督校量，其颇灼然，犹孑与躄焉耳。特其见于欧洲也，为不得已，且亦不可去，去孑与躄，斯失孑与躄之德，而留者为空无。不安受宝重之者奈何？顾横被之不相系之中国而膜拜之，又宁见其有当也？明者微睇，察逾众凡，大士哲人，乃蚤识其弊而生愤叹，此十九世纪末叶思潮之所以变矣。德人尼佉（Fr. Nietzsche）氏，则假察罗图斯德罗（Zarathustra）之言曰，吾行太远，孑然失其侣，返而观夫今之世，文明之邦国矣，斑斓之社会矣。特其为社会也，无确固之崇信；众庶之于知识也，无作始之性质。邦国如是，奚能淹留？吾见放于父母之邦矣！聊可望者，独苗裔耳。此其深思遐瞩，见近世文明之伪与偏，又无望于今之人，不得已而念来叶者也。

然则十九世纪末思想之为变也，其原安在，其实若何，其力之及于将来也又奚若？曰言其本质，即以矫十九世纪文明而起者耳。盖五十年来，人智弥进，渐乃返观前此，得其通弊，察其黮暗，于是浡焉兴作，会为大潮，以反动破坏充其精神，以获新生为其希望，专向旧有之文明，而加之掊击扫荡焉。全欧人士，为之栗然震惊者有之，芒然自失者有之，其力之烈，盖深入于人之灵府矣。然其根柢，乃远在十九世纪初叶神思一派；递夫后叶，受感化于其时现实之精神，已而更立新形，起以抗前时之现实，即所谓神思宗之至新者也。若夫影响，则眇眇来世，肊测殊难，特知此派之兴，决非突见而靡人心，亦不至突灭而归乌有，据地极固，函义甚深。以是为二十世纪文化始基，虽云早计，然其为将来新思想之朕兆，亦新生活之先驱，则按诸史实所昭垂，可不俟繁言而解者已。顾新者虽作，旧亦未僵，方遍满欧洲，冥通其地人民之呼吸，余力流衍，乃扰远东，使中国之人，由旧梦而入于新梦，冲决嚣叫，状犹狂酲。夫方贱古尊新，而所得既非新，又至偏而至伪，且复横决，浩乎难收，则一国之悲哀亦大矣。今为此篇，非云已尽西方最近思想之全，亦不为中国将来立则，惟疾其已甚，施之抨弹，犹神思新宗之意焉耳。故所述止于二事：曰非物质，曰重个人。

个人一语，入中国未三四年，号称识时之士，多引以为大诟，苟被其谥，与民贼同。意者未遑深知明察，而迷误为害人利己之义也欤？夷考其实，至不然矣。而十九世纪末之重个人，则吊诡殊恒，尤不能与往者比论。试案尔时人性，莫不绝异其前，入于自识，趣于我执，刚愎主己，于庸俗无所顾忌。如诗歌说部之所记述，每以骄蹇不逊者为全局之主人。此非操觚之士，独凭神思构架而然也，社会思潮，先发其朕，则逡之载籍而已矣。盖自法朗西大革命以来，平等自由，为凡事首，继而普通教育及国民教育，无不基是以遍施。久浴文化，则渐悟人类之尊严；既知自我，则顿识个性之价值；加以往之习惯坠地，崇信荡摇，则其自觉之精神，自一转而之极端之主我。且社会民主之倾向，势亦大张，凡个人者，即社会之一分子，夷隆实陷，是为指归，使天下人人归于一致，社会之内，荡无高卑。此其为理想诚美矣，顾于个人殊特之性，视之蔑如，既不加之别分，且欲致之灭绝。更举黮暗，则流弊所至，将使文化之纯粹者，精神益趋于固陋，颓波日逝，纤屑靡存焉。盖所谓平社会者，大都夷峻而不湮卑，若信至程度大同，必在前此进步水平以下。况人群之内，明哲非多，伧俗横行，浩不可御，风潮剥蚀，全体以沦于凡庸。非超越尘埃，解脱人事，或愚屯罔识，惟众是从者，其能缄口而无言乎？物反于极，则先觉善斗之士出矣：德人斯契纳尔（M. Stirner）乃先以极端之个人主义现于世。谓真之进步，在于己之足下。人必发挥自性，而脱观念世界之执持。惟此自性，即造物主。惟有此我，本属自由；既本有矣，而更外求也，是曰矛盾。自由之得以力，而力即在乎个人，亦即资财，亦即权利。故苟有外力来被，则无间出于寡人，或出于众庶，皆专制也。国家谓吾当与国民合其意志，亦一专制也。众意表现为法律，吾即受其束缚，虽曰为我之舆台，顾同是舆台耳。去之奈何？曰：在绝义务。义务废绝，而法律与偕亡矣。意盖谓凡一个人，其思想行为，必以己为中枢，亦以己为终极：即立我性为绝对之自由者也。至勖宾霍尔（A. Scho-penhauer），则自既以兀傲刚愎有名，言行奇觚，为世希有；又见夫盲瞽鄙倍之众，充塞两间，乃视之与至劣之动物并等，愈益主我扬己而尊天才也。至丹麦哲人契开迦尔（S. Kierkegaard）则愤发疾呼，谓惟发挥个性，为至高之道德，而顾瞻他事，胥无益焉。其后有显理伊勃生（Henrik Ibsen）见于文界，瑰才卓识，以契开迦尔之诠释者称。其所著书，往往反社会民主之倾向，精力旁注，则无间习惯信仰道德，苟有拘于虚而偏至者，无不加之抵排。更睹近世人生，每托平等之名，实乃愈趋于恶浊，庸凡凉薄，日益以深，顽愚之道行，伪诈之势逞，而气宇品性，卓尔不群之士，乃反穷于草莽，辱于泥涂，个性之尊严，人类之价值，将咸归于无有，则常为慷慨激昂而不能自已也。如其《民敌》一书，谓有人宝守真理，不阿世媚俗，而不见容于人群，狡狯之徒，乃巍然独为众愚领袖，借多陵寡，植党自私，于是战斗以兴，而其书亦止：社会之象，宛然具于是焉。若夫尼佉，斯个人主义之至雄桀者矣，希望所寄，惟在大士天才；而以愚民为本位，则恶之不殊蛇蝎。意盖谓治任多数，则社会元气，一旦可隳，不若用庸众为牺牲，以冀一二天才之出世，递天才出而社会之活动亦以萌，即所谓超人之说，尝震惊欧洲之思想界者也。由是观之，彼之讴歌众数，奉若神明者，盖仅见光明一端，他未遍知，因加赞颂，使反而观诸黑暗，当立悟其不然矣。一梭格拉第也，而众希腊人鸩之，一耶稣基督也，而众犹太人磔之，后世论者，孰不云缪，顾其时则从众志耳。设留今之众志，迻诸载籍，以俟评骘于来哲，则其是非倒置，或正如今人之视往古，未可知也。故多数相朋，而仁义之涂，是非之端，樊然淆乱；惟常言是解，于奥义也漠然。常言奥义，孰近正矣？是故布鲁多既杀该撒，昭告市人，其词秩然有条，名分大义，炳如观火；而众之受感，乃不如安多尼指血衣之数言。于是方群推为爱国之伟人，忽见逐于域外。夫誉之者众数也，逐之者又众数也，一瞬息中，变易反复，其无特操不俟言；即观现象，已足知不祥之消息矣。故是非不可公于众，公之则果不诚；政事不可公于众，公之则治不郅。惟超人出，世乃太平。苟不能然，则在英哲。嗟夫，彼持无政府主义者，其颠复满盈，划除阶级，亦已至矣，而建说创业诸雄，大都以导师自命。夫一导众从，智愚之别即在斯。与其抑英哲以就凡庸，曷若置众人而希英哲？则多数之说，缪不中经，个性之尊，所当张大，盖揆之是非利害，已不待繁言深虑而可知矣。虽然，此亦赖夫勇猛无畏之人，独立自强，去离尘垢，排舆言而弗沦于俗囿者也。

若夫非物质主义者，犹个人主义然，亦兴起于抗俗，盖唯物之倾向，固以现实为权舆，浸润人心，久而不止。故在十九世纪，爰为大潮，据地极坚，且被来叶，一若生活本根，舍此将莫有在者。不知纵令物质文明，即现实生活之大本，而崇奉逾度，倾向偏趋，外此诸端，悉弃置而不顾，则按其究竟，必将缘偏颇之恶因，失文明之神旨，先以消耗，终以灭亡，历世精神，不百年而具尽矣。递夫十九世纪后叶，而其弊果益昭，诸凡事物，无不质化，灵明日以亏蚀，旨趣流于平庸，人惟客观之物质世界是趋，而主观之内面精神，乃舍置不之一省。重其外，放其内，取其质，遗其神，林林众生，物欲来蔽，社会憔悴，进步以停，于是一切诈伪罪恶，蔑弗乘之而萌，使性灵之光，愈益就于黯淡：十九世纪文明一面之通弊，盖如此矣。时乃有新神思宗徒出，或崇奉主观，或张皇意力，匡纠流俗，厉如电霆，使天下群伦，为闻声而摇荡。即其他评骘之士，以至学者文家，虽意主和平，不与世迕，而见此唯物极端，且杀精神生活，则亦悲观愤叹，知主观与意力主义之兴，功有伟于洪水之有方舟者焉。主观主义者，其趣凡二：一谓惟以主观为准则，用律诸物；一谓视主观之心灵界，当较客观之物质界为尤尊。前者为主观倾向之极端，力特著于十九世纪末叶，然其趋势，颇与主我及我执殊涂，仅于客观之习惯，无所盲从，或不置重，而以自有之主观世界为至高之标准而已。以是之故，则思虑动作，咸离外物，独往来于自心之天地，确信在是，满足亦在是，谓之渐自省其内曜之成果可也。若夫兴起之由，则原于外者，为大势所向，胥在平庸之客观习惯，动不由己，发如机缄，识者不能堪，斯生反动；其原于内者，乃实以近世人心，日进于自觉，知物质万能之说，且逸个人之情意，使独创之力，归于槁枯，故不得不以自悟者悟人，冀挽狂澜于方倒耳。如尼佉伊勃生诸人，皆据其所信，力抗时俗，示主观倾向之极致；而契开迦尔则谓真理准则，独在主观，惟主观性，即为真理，至凡有道德行为，亦可弗问客观之结果若何，而一任主观之善恶为判断焉。其说出世，和者日多，于是思潮为之更张，骛外者渐转而趣内，渊思冥想之风作，自省抒情之意苏，去现实物质与自然之樊，以就其本有心灵之域；知精神现象实人类生活之极颠，非发挥其辉光，于人生为无当；而张大个人之人格，又人生之第一义也。然尔时所要求之人格，有甚异于前者。往所理想，在知见情操，两皆调整，若主智一派，则在聪明睿智，能移客观之大世界于主观之中者。如是思惟，迨黑该尔（F. Hegel）出而达其极。若罗曼暨尚古一派，则息孚支培黎（Shaftesbury）承卢骚（J. Rousseau）之后，尚容情感之要求，特必与情操相统一调和，始合其理想之人格。而希籁（Fr. Schiller）氏者，乃谓必知感两性，圆满无间，然后谓之全人。顾至十九世纪垂终，则理想为之一变。明哲之士，反省于内面者深，因以知古人所设具足调协之人，决不能得之今世；惟有意力轶众，所当希求，能于情意一端，处现实之世，而有勇猛奋斗之才，虽屡踣屡僵，终得现其理想：其为人格，如是焉耳。故如勖宾霍尔所张主，则以内省诸己，豁然贯通，因曰意力为世界之本体也；尼佉之所希冀，则意力绝世，几近神明之超人也；伊勃生之所描写，则以更革为生命，多力善斗，即迕万众不慑之强者也。夫诸凡理想，大致如斯者，诚以人丁转轮之时，处现实之世，使不若是，每至舍己从人，沉溺逝波，莫知所届，文明真髓，顷刻荡然；惟有刚毅不挠，虽遇外物而弗为移，始足作社会桢干。排斥万难，黾勉上征，人类尊严，于此攸赖，则具有绝大意力之士贵耳。虽然，此又特其一端而已。试察其他，乃亦以见末叶人民之弱点，盖往之文明流弊，浸灌性灵，众庶率纤弱颓靡，日益以甚，渐乃反观诸己，为之欿然，于是刻意求意力之人，冀倚为将来之柱石。此正犹洪水横流，自将灭顶，乃神驰彼岸，出全力以呼善没者尔，悲夫！

由是观之，欧洲十九世纪之文明，其度越前古，凌驾亚东，诚不俟明察而见矣。然既以改革而胎，反抗为本，则偏于一极，固理势所必然。洎夫末流，弊乃自显。于是新宗蹶起，特反其初，复以热烈之情，勇猛之行，起大波而加之涤荡。直至今日，益复浩然。其将来之结果若何，盖未可以率测。然作旧弊之药石，造新生之津梁，流衍方长，曼不遽已，则相其本质，察其精神，有可得而征信者。意者文化常进于幽深，人心不安于固定，二十世纪之文明，当必沉邃庄严，至与十九世纪之文明异趣。新生一作，虚伪道消，内部之生活，其将愈深且强欤？精神生活之光耀，将愈兴起而发扬欤？成然以觉，出客观梦幻之世界，而主观与自觉之生活，将由是而益张欤？内部之生活强，则人生之意义亦愈邃，个人尊严之旨趣亦愈明，二十世纪之新精神，殆将立狂风怒浪之间，恃意力以辟生路者也。中国在今，内密既发，四邻竞集而迫拶，情状自不能无所变迁。夫安弱守雌，笃于旧习，固无以争存于天下。第所以匡救之者，缪而失正，则虽日易故常，哭泣叫号之不已，于忧患又何补矣？此所为明哲之士，必洞达世界之大势，权衡校量，去其偏颇，得其神明，施之国中，翕合无间。外之既不后于世界之思潮，内之仍弗失固有之血脉，取今复古，别立新宗，人生意义，致之深邃，则国人之自觉至，个性张，沙聚之邦，由是转为人国。人国既建，乃始雄厉无前，屹然独见于天下，更何有于肤浅凡庸之事物哉？顾今者翻然思变，历岁已多，青年之所思惟，大都归罪恶于古之文物，甚或斥言文为蛮野，鄙思想为简陋，风发浡起，皇皇焉欲进欧西之物而代之，而于适所言十九世纪末之思潮，乃漠然不一措意。凡所张主，惟质为多，取其质犹可也，更按其实，则又质之至伪而偏，无所可用。虽不为将来立计，仅图救今日之阽危，而其术其心，违戾亦已甚矣。

况乎凡造言任事者，又复有假改革公名，而阴以遂其私欲者哉？今敢问号称志士者曰，将以富有为文明欤，则犹太遗黎，性长居积，欧人之善贾者，莫与比伦，然其民之遭遇何如矣？将以路矿为文明欤，则五十年来非澳二洲，莫不兴铁路矿事，顾此二洲土著之文化何如矣？将以众治为文明欤，则西班牙波陀牙二国，立宪且久，顾其国之情状又何如矣？若曰惟物质为文化之基也，则列机括，陈粮食，遂足以雄长天下欤？曰惟多数得是非之正也，则以一人与众禺处，其亦将木居而芧食欤？此虽妇竖，必否之矣。然欧美之强，莫不以是炫天下者，则根柢在人，而此特现象之末，本原深而难见，荣华昭而易识也。是故将生存两间，角逐列国是务，其首在立人，人立而后凡事举；若其道术，乃必尊个性而张精神。假不如是，槁丧且不俟夫一世。夫中国在昔，本尚物质而疾天才矣，先王之泽，日以殄绝，逮蒙外力，乃退然不可自存。而辁才小慧之徒，则又号召张皇，重杀之以物质而囿之以多数，个人之性，剥夺无余。往者为本体自发之偏枯，今则获以交通传来之新疫，二患交伐，而中国之沉沦遂以益速矣。呜呼，眷念方来，亦已焉哉！

一九〇七年作。

我们现在怎样做父亲

我作这一篇文的本意，其实是想研究怎样改革家庭；又因为中国亲权重，父权更重，所以尤想对于从来认为神圣不可侵犯的父子问题，发表一点意见。总而言之：只是革命要革到老子身上罢了。但何以大模大样，用了这九个字的题目呢？这有两个理由：——

第一，中国的“圣人之徒”，最恨人动摇他的两样东西。一样不必说，也与我辈绝不相干；一样便是他的伦常，我辈却不免偶然发几句议论，所以株连牵扯，很得了许多“铲伦常”“禽兽行”之类的恶名。他们以为父对于子，有绝对的权力和威严；若是老子说话，当然无所不可，儿子有话，却在未说之前早已错了。但祖父子孙，本来各各都只是生命的桥梁的一级，决不是固定不易的。现在的子，便是将来的父，也便是将来的祖。我知道我辈和读者，若不是现任之父，也一定是候补之父，而且也都有做祖宗的希望，所差只在一个时间。为想省却许多麻烦起见，我们便该无须客气，尽可先行占住了上风，摆出父亲的尊严，谈谈我们和我们子女的事；不但将来着手实行，可以减少困难，在中国也顺理成章，免得“圣人之徒”听了害怕，总算是一举两得之至的事了。所以说，“我们怎样做父亲。”

第二，对于家庭问题，我在《新青年》的《随感录》（二五，四十，四九）中，曾经略略说及，总括大意，便只是从我们起，解放了后来的人。论到解放子女，本是极平常的事，当然不必有什么讨论。但中国的老年，中了旧习惯旧思想的毒太深了，决定悟不过来。譬如早晨听到乌鸦叫，少年毫不介意，迷信的老人，却总须颓唐半天。虽然很可怜，然而也无法可救。没有法，便只能先从觉醒的人开手，各自解放了自己的孩子。自己背着因袭的重担，肩住了黑暗的闸门，放他们到宽阔光明的地方去；此后幸福的度日，合理的做人。

还有，我曾经说，自己并非创作者，便在上海报纸的《新教训》里，挨了一顿骂。但我辈评论事情，总须先评论了自己，不要冒充，才能像一篇说话，对得起自己和别人。我自己知道，不特并非创作者，并且也不是真理的发见者。凡有所说所写，只是就平日见闻的事理里面，取了一点心以为然的道理；至于终极究竟的事，却不能知。便是对于数年以后的学说的进步和变迁，也说不出会到如何地步，单相信比现在总该还有进步还有变迁罢了。所以说，“我们现在怎样做父亲。”

我现在心以为然的道理，极其简单。便是依据生物界的现象，一，要保存生命；二，要延续这生命；三，要发展这生命（就是进化）。生物都这样做，父亲也就是这样做。

生命的价值和生命价值的高下，现在可以不论。单照常识判断，便知道既是生物，第一要紧的自然是生命。因为生物之所以为生物，全在有这生命，否则失了生物的意义。生物为保存生命起见，具有种种本能，最显著的是食欲。因有食欲才摄取食品，因有食品才发生温热，保存了生命。但生物的个体，总免不了老衰和死亡，为继续生命起见，又有一种本能，便是性欲。因性欲才有性交，因有性交才发生苗裔，继续了生命。所以食欲是保存自己，保存现在生命的事；性欲是保存后裔，保存永久生命的事。饮食并非罪恶，并非不净；性交也就并非罪恶，并非不净。饮食的结果，养活了自己，对于自己没有恩；性交的结果，生出子女，对于子女当然也算不了恩。—— 前前后后，都向生命的长途走去，仅有先后的不同，分不出谁受谁的恩典。

可惜的是中国的旧见解，竟与这道理完全相反。夫妇是“人伦之中”，却说是“人伦之始”；性交是常事，却以为不净；生育也是常事，却以为天大的大功。人人对于婚姻，大抵先夹带着不净的思想。亲戚朋友有许多戏谑，自己也有许多羞涩，直到生了孩子，还是躲躲闪闪，怕敢声明；独有对于孩子，却威严十足。这种行径，简直可以说是和偷了钱发迹的财主，不相上下了。我并不是说，——如他们攻击者所意想的，—— 人类的性交也应如别种动物，随便举行；或如无耻流氓，专做些下流举动，自鸣得意。是说，此后觉醒的人，应该先洗净了东方固有的不净思想，再纯洁明白一些，了解夫妇是伴侣，是共同劳动者，又是新生命创造者的意义。所生的子女，固然是受领新生命的人，但他也不永久占领，将来还要交付子女，像他们的父母一般。只是前前后后，都做一个过付的经手人罢了。

生命何以必需继续呢？就是因为要发展，要进化。个体既然免不了死亡，进化又毫无止境，所以只能延续着，在这进化的路上走。走这路须有一种内的努力，有如单细胞动物有内的努力，积久才会繁复，无脊椎动物有内的努力，积久才会发生脊椎。所以后起的生命，总比以前的更有意义，更近完全，因此也更有价值，更可宝贵；前者的生命，应该牺牲于他。

但可惜的是中国的旧见解，又恰恰与这道理完全相反。本位应在幼者，却反在长者；置重应在将来，却反在过去。前者做了更前者的牺牲，自己无力生存，却苛责后者又来专做他的牺牲，毁灭了一切发展本身的能力。我也不是说，——如他们攻击者所意想的，——孙子理应终日痛打他的祖父，女儿必须时时咒骂他的亲娘。是说，此后觉醒的人，应该先洗净了东方古传的谬误思想，对于子女，义务思想须加多，而权利思想却大可切实核减，以准备改作幼者本位的道德。况且幼者受了权利，也并非永久占有，将来还要对于他们的幼者，仍尽义务。只是前前后后，都做一切过付的经手人罢了。

“父子间没有什么恩”这一个断语，实是招致“圣人之徒”面红耳赤的一大原因。他们的误点，便在长者本位与利己思想，权利思想很重，义务思想和责任心却很轻。以为父子关系，只须“父兮生我”一件事，幼者的全部，便应为长者所有。尤其堕落的，是因此责望报偿，以为幼者的全部，理该做长者的牺牲。殊不知自然界的安排，却件件与这要求反对，我们从古以来，逆天行事，于是人的能力，十分萎缩，社会的进步，也就跟着停顿。我们虽不能说停顿便要灭亡，但较之进步，总是停顿与灭亡的路相近。

自然界的安排，虽不免也有缺点，但结合长幼的方法，却并无错误。他并不用“恩”，却给与生物以一种天性，我们称他为“爱”。动物界中除了生子数目太多——爱不周到的如鱼类之外，总是挚爱他的幼子，不但绝无利益心情，甚或至于牺牲了自己，让他的将来的生命，去上那发展的长涂。

人类也不外此，欧美家庭，大抵以幼者弱者为本位，便是最合于这生物学的真理的办法。便在中国，只要心思纯白，未曾经过“圣人之徒”作践的人，也都自然而然的能发现这一种天性。例如一个村妇哺乳婴儿的时候，决不想到自己正在施恩；一个农夫娶妻的时候，也决不以为将要放债。只是有了子女，即天然相爱，愿他生存；更进一步的，便还要愿他比自己更好，就是进化。这离绝了交换关系利害关系的爱，便是人伦的索子，便是所谓“纲”。倘如旧说，抹煞了“爱”，一味说“恩”，又因此责望报偿，那便不但败坏了父子间的道德，而且也大反于做父母的实际的真情，播下乖剌的种子。有人做了乐府，说是“劝孝”，大意是什么“儿子上学堂，母亲在家磨杏仁，预备回来给他喝，你还不孝么”之类，自以为“拼命卫道”。殊不知富翁的杏酪和穷人的豆浆，在爱情上价值同等，而其价值却正在父母当时并无求报的心思；否则变成买卖行为，虽然喝了杏酪，也不异“人乳喂猪”，无非要猪肉肥美，在人伦道德上，丝毫没有价值了。

所以我现在心以为然的，便只是“爱”。

无论何国何人，大都承认“爱己”是一件应当的事。这便是保存生命的要义，也就是继续生命的根基。因为将来的运命，早在现在决定，故父母的缺点，便是子孙灭亡的伏线，生命的危机。易卜生做的《群鬼》（有潘家洵君译本，载在《新潮》一卷五号）虽然重在男女问题，但我们也可以看出遗传的可怕。欧士华本是要生活，能创作的人，因为父亲的不检，先天得了病毒，中途不能做人了。他又很爱母亲，不忍劳他服侍，便藏着吗啡，想待发作时候，由使女瑞琴帮他吃下，毒杀了自己；可是瑞琴走了。他于是只好托他母亲了。

欧 “母亲，现在应该你帮我的忙了。”

阿夫人 “我吗？”

欧 “谁能及得上你。”

阿夫人 “我！你的母亲！”

欧 “正为那个。”

阿夫人 “我，生你的人！”

欧 “我不曾教你生我。并且给我的是一种什么日子？我不要他！你拿回去罢！”

这一段描写，实在是我们做父亲的人应该震惊戒惧佩服的；决不能昧了良心，说儿子理应受罪。这种事情，中国也很多，只要在医院做事，便能时时看见先天梅毒性病儿的惨状；而且傲然的送来的，又大抵是他的父母。但可怕的遗传，并不只是梅毒；另外许多精神上体质上的缺点，也可以传之子孙，而且久而久之，连社会都蒙着影响。我们且不高谈人群，单为子女说，便可以说凡是不爱己的人，实在欠缺做父亲的资格。就令硬做了父亲，也不过如古代的草寇称王一般，万万算不了正统。将来学问发达，社会改造时，他们侥幸留下的苗裔，恐怕总不免要受善种学（Eugenics）者的处置。

倘若现在父母并没有将什么精神上体质上的缺点交给子女，又不遇意外的事，子女便当然健康，总算已经达到了继续生命的目的。但父母的责任还没有完，因为生命虽然继续了，却是停顿不得，所以还须教这新生命去发展。凡动物较高等的，对于幼雏，除了养育保护以外，往往还教他们生存上必需的本领。例如飞禽便教飞翔，鸷兽便教搏击。人类更高几等，便也有愿意子孙更进一层的天性。这也是爱，上文所说的是对于现在，这是对于将来。只要思想未遭锢蔽的人，谁也喜欢子女比自己更强，更健康，更聪明高尚，——更幸福；就是超越了自己，超越了过去。超越便须改变，所以子孙对于祖先的事，应该改变，“三年无改于父之道可谓孝矣”，当然是曲说，是退婴的病根。假使古代的单细胞动物，也遵着这教训，那便永远不敢分裂繁复，世界上再也不会有人类了。

幸而这一类教训，虽然害过许多人，却还未能完全扫尽了一切人的天性。没有读过“圣贤书”的人，还能将这天性在名教的斧钺底下，时时流露，时时萌蘖；这便是中国人虽然凋落萎缩，却未灭绝的原因。

所以觉醒的人，此后应将这天性的爱，更加扩张，更加醇化；用无我的爱，自己牺牲于后起新人。开宗第一，便是理解。往昔的欧人对于孩子的误解，是以为成人的预备；中国人的误解，是以为缩小的成人。直到近来，经过许多学者的研究，才知道孩子的世界，与成人截然不同；倘不先行理解，一味蛮做，便大碍于孩子的发达。所以一切设施，都应该以孩子为本位，日本近来，觉悟的也很不少；对于儿童的设施，研究儿童的事业，都非常兴盛了。第二，便是指导。时势既有改变，生活也必须进化；所以后起的人物，一定尤异于前，决不能用同一模型，无理嵌定。长者须是指导者协商者，却不该是命令者。不但不该责幼者供奉自己；而且还须用全副精神，专为他们自己，养成他们有耐劳作的体力，纯洁高尚的道德，广博自由能容纳新潮流的精神，也就是能在世界新潮流中游泳，不被淹没的力量。第三，便是解放。子女是即我非我的人，但既已分立，也便是人类中的人。因为即我，所以更应该尽教育的义务，交给他们自立的能力；因为非我，所以也应同时解放，全部为他们自己所有，成一个独立的人。

这样，便是父母对于子女，应该健全的产生，尽力的教育，完全的解放。

但有人会怕，仿佛父母从此以后，一无所有，无聊之极了。这种空虚的恐怖和无聊的感想，也即从谬误的旧思想发生；倘明白了生物学的真理，自然便会消灭。但要做解放子女的父母，也应预备一种能力。便是自己虽然已经带着过去的色采，却不失独立的本领和精神，有广博的趣味，高尚的娱乐。要幸福么？连你的将来的生命都幸福了。要“返老还童”，要“老复丁”么？子女便是“复丁”，都已独立而且更好了。这才是完了长者的任务，得了人生的慰安。倘若思想本领，样样照旧，专以“勃溪”为业，行辈自豪，那便自然免不了空虚无聊的苦痛。

或者又怕，解放之后，父子间要疏隔了。欧美的家庭，专制不及中国，早已大家知道；往者虽有人比之禽兽，现在却连“卫道”的圣徒，也曾替他们辩护，说并无“逆子叛弟”了。因此可知：惟其解放，所以相亲；惟其没有“拘挛”子弟的父兄，所以也没有反抗“拘挛”的“逆子叛弟”。若威逼利诱，便无论如何，决不能有“万年有道之长”。例便如我中国，汉有举孝，唐有孝悌力田科，清末也还有孝廉方正，都能换到官做。父恩谕之于先，皇恩施之于后，然而割股的人物，究属寥寥。足可证明中国的旧学说旧手段，实在从古以来，并无良效，无非使坏人增长些虚伪，好人无端的多受些人我都无利益的苦痛罢了。

独有“爱”是真的。路粹引孔融说：“父之于子，当有何亲？论其本意，实为情欲发耳。子之于母，亦复奚为，譬如寄物瓶中，出则离矣。”（汉末的孔府上，很出过几个有特色的奇人，不像现在这般冷落，这话也许确是北海先生所说；只是攻击他的偏是路粹和曹操，教人发笑罢了。）虽然也是一种对于旧说的打击，但实于事理不合。因为父母生了子女，同时又有天性的爱，这爱又很深广很长久，不会即离。现在世界没有大同，相爱还有差等，子女对于父母，也便最爱，最关切，不会即离。所以疏隔一层，不劳多虑。至于一种例外的人，或者非爱所能钩连。但若爱力尚且不能钩连，那便任凭什么“恩威，名分，天经，地义”之类，更是钩连不住。

或者又怕，解放之后，长者要吃苦了。这事可分两层：第一，中国的社会，虽说“道德好”，实际却太缺乏相爱相助的心思。便是“孝”“烈”这类道德，也都是旁人毫不负责，一味收拾幼者弱者的方法。在这样社会中，不独老者难于生活，即解放的幼者，也难于生活。第二，中国的男女，大抵未老先衰，甚至不到二十岁，早已老态可掬，待到真实衰老，便更须别人扶持。所以我说，解放子女的父母，应该先有一番预备；而对于如此社会，尤应该改造，使他能适于合理的生活。许多人预备着，改造着，久而久之，自然可望实现了。单就别国的往时而言，斯宾塞未曾结婚，不闻他侘傺无聊；瓦特早没有了子女，也居然“寿终正寝”，何况在将来，更何况有儿女的人呢？

或者又怕，解放之后，子女要吃苦了。这事也有两层，全如上文所说，不过一是因为老而无能，一是因为少不更事罢了。因此觉醒的人，愈觉有改造社会的任务。中国相传的成法，谬误很多：一种是锢闭，以为可以与社会隔离，不受影响。一种是教给他恶本领，以为如此才能在社会中生活。用这类方法的长者，虽然也含有继续生命的好意，但比照事理，却决定谬误。此外还有一种，是传授些周旋方法，教他们顺应社会。这与数年前讲“实用主义”的人，因为市上有假洋钱，便要在学校里遍教学生看洋钱的法子之类，同一错误。社会虽然不能不偶然顺应，但决不是正当办法。因为社会不良，恶现象便很多，势不能一一顺应；倘都顺应了，又违反了合理的生活，倒走了进化的路。所以根本方法，只有改良社会。

就实际上说，中国旧理想的家族关系父子关系之类，其实早已崩溃。这也非“于今为烈”，正是“在昔已然”。历来都竭力表彰“五世同堂”，便足见实际上同居的为难；拼命的劝孝，也足见事实上孝子的缺少。而其原因，便全在一意提倡虚伪道德，蔑视了真的人情。我们试一翻大族的家谱，便知道始迁祖宗，大抵是单身迁居，成家立业；一到聚族而居，家谱出版，却已在零落的中涂了。况在将来，迷信破了，便没有哭竹，卧冰；医学发达了，也不必尝秽，割股。又因为经济关系，结婚不得不迟，生育因此也迟，或者子女才能自存，父母已经衰老，不及依赖他们供养，事实上也就是父母反尽了义务。世界潮流逼拶着，这样做的可以生存，不然的便都衰落；无非觉醒者多，加些人力，便危机可望较少就是了。

但既如上言，中国家庭，实际久已崩溃，并不如“圣人之徒”纸上的空谈，则何以至今依然如故，一无进步呢？这事很容易解答。第一，崩溃者自崩溃，纠缠者自纠缠，设立者又自设立；毫无戒心，也不想到改革，所以如故。第二，以前的家庭中间，本来常有勃溪，到了新名词流行之后，便都改称“革命”，然而其实也仍是讨嫖钱至于相骂，要赌本至于相打之类，与觉醒者的改革，截然两途。这一类自称“革命”的勃溪子弟，纯属旧式，待到自己有了子女，也决不解放；或者毫不管理，或者反要寻出《孝经》，勒令诵读，想他们“学于古训”，都做牺牲。这只能全归旧道德旧习惯旧方法负责，生物学的真理决不能妄任其咎。

既如上言，生物为要进化，应该继续生命，那便“不孝有三无后为大”，三妻四妾，也极合理了。这事也很容易解答。人类因为无后，绝了将来的生命，虽然不幸，但若用不正当的方法手段，苟延生命而害及人群，便该比一人无后，尤其“不孝”。因为现在的社会，一夫一妻制最为合理，而多妻主义，实能使人群堕落。堕落近于退化，与继续生命的目的，恰恰完全相反。无后只是灭绝了自己，退化状态的有后，便会毁到他人。人类总有些为他人牺牲自己的精神，而况生物自发生以来，交互关联，一人的血统，大抵总与他人有多少关系，不会完全灭绝。所以生物学的真理，决非多妻主义的护符。

总而言之，觉醒的父母，完全应该是义务的，利他的，牺牲的，很不易做；而在中国尤不易做。中国觉醒的人，为想随顺长者解放幼者，便须一面清结旧账，一面开辟新路。就是开首所说的“自己背着因袭的重担，肩住了黑暗的闸门，放他们到宽阔光明的地方去；此后幸福的度日，合理的做人。”这是一件极伟大的要紧的事，也是一件极困苦艰难的事。

但世间又有一类长者，不但不肯解放子女，并且不准子女解放他们自己的子女；就是并要孙子曾孙都做无谓的牺牲。这也是一个问题；而我是愿意平和的人，所以对于这问题，现在不能解答。

一九一九年十月。

估《学衡》

我在二月四日的《晨报副刊》上看见式芬先生的杂感，很诧异天下竟有这样拘迂的老先生，竟不知世故到这地步，还来同《学衡》诸公谈学理。夫所谓《学衡》者，据我看来，实不过聚在“聚宝之门”左近的几个假古董所放的假毫光；虽然自称为“衡”，而本身的称星尚且未曾钉好，更何论于他所衡的轻重的是非。所以，决用不着较准，只要估一估就明白了。

《弁言》说，“籀绎之作必趋雅音以崇文”，“籀绎”如此，述作可知。夫文者，即使不能“载道”，却也应该“达意”，而不幸诸公虽然张皇国学，笔下却未免欠亨，不能自了，何以“衡”人。这实在是一个大缺点。看罢，诸公怎么说：

《弁言》云，“杂志迻例弁以宣言”，按宣言即布告，而弁者，周人戴在头上的瓜皮小帽一般的帽子，明明是顶上的东西，所以“弁言”就是序，异于“杂志迻例”的宣言，并为一谈，太汗漫了。《评提倡新文化者》文中说，“或操笔以待，每一新书出版，必为之序，以尽其领袖后进之责。顾亭林曰，人之患在好为人序。其此之谓乎？故语彼等以学问之标准与良知。犹语商贾以道德。娼妓以贞操也。”原来做一篇序“以尽其领袖后进之责”，便有这样的大罪案。然而诸公又何以也“突而弁兮”的“言”了起来呢？照前文推论，那便是我的质问，却正是“语商贾以道德。娼妓以贞操也”了。

《中国提倡社会主义之商榷》中说，“凡理想学说之发生，皆有其历史上之背影，决非悬空虚构，造乌托之邦，作无病之呻者也。”查“英吉之利”的摩耳，并未做Pia of Uto，虽曰之乎者也，欲罢不能，但别寻古典，也非难事，又何必当中加楦呢。于古未闻“睹史之陀”，在今不云“宁古之塔”，奇句如此，真可谓“有病之呻”了。

《国学摭谭》中说，“虽三皇寥廓而无极，五帝搢绅先生难言之。”人而能“寥廓”，已属奇闻，而第二句尤为费解，不知是三皇之事，五帝和搢绅先生皆难言之，抑是五帝之事，搢绅先生也难言之呢？推度情理，当从后说，然而太史公所谓“搢绅先生难言之”者，乃指“百家言黄帝”而并不指五帝，所以翻开《史记》，便是赫然的一篇《五帝本纪》，又何尝“难言之”。难道太史公在汉朝，竟应该算是下等社会中人么？

《记白鹿洞谈虎》中说，“诸父老能健谈，谈多称虎。当其摹示抉噬之状，闻者鲜不色变。退而记之，亦资诙噱之类也。”姑不论其“能”“健”“谈”“称”，床上安床，“抉噬之状”，终于未记，而“变色”的事，但“资诙噱”，也可谓太远于事情。倘使但“资诙噱”，则先前的闻而色变者，简直是呆子了。记又云，“伥者，新鬼而膏虎牙者也。”刚做新鬼，便“膏虎牙”，实在可悯。那么，虎不但食人，而且也食鬼了。这是古来未知的新发见。

《渔丈人行》的起首道，“楚王无道杀伍奢，覆巢之下无完家。”这“无完家”虽比“无完卵”新奇，但未免颇有语病。假如“家”就是鸟巢，那便犯了复，而且“之下”二字没有着落，倘说是人家，则掉下来的鸟巢未免太沉重了。除了大鹏金翅鸟（出《说岳全传》），断没有这样的大巢，能够压破彼等的房子。倘说是因为押韵，不得不然，那我敢说：这是“挂脚韵”。押韵至于如此，则翻开《诗韵合璧》的“六麻”来，写道“无完蛇”“无完瓜”“无完叉”，都无所不可的。

还有《浙江采集植物游记》，连题目都不通了。采集有所务，并非漫游，所以古人作记，务与游不并举，地与游才相连。匡庐峨眉，山也，则曰纪游，采硫访碑，务也，则曰日记。虽说采集时候，也兼游览，但这应该包举在主要的事务里，一列举便不“古”了。例如这记中也说起吃饭睡觉的事，而题目不可作《浙江采集植物游食眠记》。

以上不过随手拾来的事，毛举起来，更要费笔费墨费时费力，犯不上，中止了。因此诸公的说理，便没有指正的必要，文且未亨，理将安托，穷乡僻壤的中学生的成绩，恐怕也不至于此的了。

总之，诸公掊击新文化而张皇旧学问，倘不自相矛盾，倒也不失其为一种主张。可惜的是于旧学并无门径，并主张也还不配。倘使字句未通的人也算是国粹的知己，则国粹更要惭惶煞人！“衡”了一顿，仅仅“衡”出了自己的铢两来，于新文化无伤，于国粹也差得远。

我所佩服诸公的只有一点，是这种东西也居然会有发表的勇气。

“以震其艰深”

上海租界上的“国学家”，以为做白话文的大抵是青年，总该没有看过古董书的，于是乎用了所谓“国学”来吓呼他们。

《时报》上载着一篇署名“涵秋”的《文字感想》，其中有一段说：

“新学家薄国学为不足道故为钩辀格磔之文以震其艰深也一读之欲呕再读之昏昏睡去矣”

领教。我先前只以为“钩辀格磔”是古人用他来形容鹧鸪的啼声，并无别的深意思；亏得这《文字感想》，才明白这是怪鹧鸪啼得“艰深”了，以此责备他的。但无论如何，“艰深”却不能令人“欲呕”，闻鹧鸪啼而呕者，世固无之，即以文章论，“粤若稽古”，注释纷纭，“绛即东雍”，圈点不断，这总该可以算是艰深的了，可是也从未听说，有人因此反胃。呕吐的原因决不在乎别人文章的“艰深”，是在乎自己的身体里的，大约因为“国学”积蓄得太多，笔不及写，所以涌出来了罢。

“以震其艰深也”的“震”字，从国学的门外汉看来也不通，但也许是为手民所误的，因为排字印报也是新学，或者也不免要“以震其艰深”。

否则，如此“国学”，虽不艰深，却是恶作，真是“一读之欲呕”，再读之必呕矣。

国学国学，新学家既“薄为不足道”，国学家又道而不能亨，你真要道尽涂穷了！

九月二十日。

所谓“国学”

现在暴发的“国学家”之所谓“国学”是什么？

一是商人遗老们翻印了几十部旧书赚钱，二是洋场上的文豪又做了几篇鸳鸯蝴蝶体小说出版。

商人遗老们的印书是书籍的古董化，其置重不在书籍而在古董。遗老有钱，或者也不过聊以自娱罢了，而商人便大吹大擂的借此获利。还有茶商盐贩，本来是不齿于“士类”的，现在也趁着新旧纷扰的时候，借刻书为名，想挨进遗老遗少的“士林”里去。他们所刻的书都无民国年月，辨不出是元版是清版，都是古董性质，至少每本两三元，绵连，锦帙，古色古香，学生们是买不起的。这就是他们之所谓“国学”。

然而巧妙的商人可也决不肯放过学生们的钱的，便用坏纸恶墨别印什么“菁华”什么“大全”之类来搜括。定价并不大，但和纸墨一比较却是大价了。至于这些“国学”书的校勘，新学家不行，当然是出于上海的所谓“国学家”的了，然而错字叠出，破句连篇（用的并不是新式圈点），简直是拿少年来开玩笑。这是他们之所谓“国学”。

洋场上的往古所谓文豪，“卿卿我我”“蝴蝶鸳鸯”诚然做过一小堆，可是自有洋场以来，从没有人称这些文章（？）为国学，他们自己也并不以“国学家”自命的。现在不知何以，忽而奇想天开，也学了盐贩茶商，要凭空挨进“国学家”队里去了。然而事实很可惨，他们之所谓国学，是“拆白之事各处皆有而以上海一隅为最甚（中略）余于课余之暇不惜浪费笔墨编纂事实作一篇小说以饷阅者想亦阅者所乐闻也”（原本每句都密圈，今从略，以省排工，阅者谅之）。

“国学”乃如此而已乎？

试去翻一翻历史里的《儒林》和《文苑传》罢，可有一个将旧书当古董的鸿儒，可有一个以拆白饷阅者的文士？

倘说，从今年起，这些就是“国学”，那又是“新”例了。你们不是讲“国学”的么？

“一是之学说”

我从《学灯》上看见驳吴宓君“新文化运动之反应”这一篇文章之后，才去寻《中华新报》来看他的原文。

那是一篇浩浩洋洋的长文，该有一万多字罢，——而且还有作者吴宓君的照相。记者又在论前介绍说，“泾阳吴宓君美国哈佛大学硕士现为国立东南大学西洋文学教授君既精通西方文学得其神髓而国学复涵养甚深近主撰学衡杂志以提倡实学为任时论崇之”。

但这篇大文的内容是很简单的。说大意，就是新文化本也可以提倡的，但提倡者“当思以博大之眼光，宽宏之态度，肆力学术，深窥精研，观其全体，而贯通澈悟，然后平情衡理，执中驭物，造成一是之学说，融合中西之精华，以为一国一时之用。”而可恨“近年有所谓新文化运动者，本其偏激之主张，佐以宣传之良法，……加之喜新盲从者之多。”便忽而声势浩大起来。殊不知“物极必反，理有固然。”于是“近顷于新文化运动怀疑而批评之书报渐多”了。

这就谓之“新文化运动之反应”。然而“又所谓反应者非反抗之谓……读者幸勿因吾论列于此。而遂疑其为不赞成新文化者”云。

反应的书报一共举了七种，大体上都是“执中驭物”，宣传“正轨”的新文化的。现在我也来绍介一回：一《民心周报》，二《经世报》，三《亚洲学术杂志》，四《史地学报》，五《文哲学报》，六《学衡》，七《湘君》。

此外便是吴君对于这七种书报的“平情衡理”的批评（？）了。例如《民心周报》，“自发刊以至停版，除小说及一二来稿外，全用文言，不用所谓新式标点。即此一端，在新潮方盛之时，亦可谓砥柱中流矣。”至于《湘君》之用白话及标点，却又别有道理，那是“《学衡》本事理之真。故拒斥粗劣白话及英文标点。《湘君》求文艺之美，故兼用通妥白话及新式标点”的。总而言之，主张偏激，连标点也就偏激，那白话自然更不“通妥”了。即如我的白话，离通妥就很远；而我的标点则是“英文标点”。

但最“贯通澈悟”的是拉《经世报》来做“反应”，当《经世报》出版的时候，还没有“万恶孝为先”的谣言，而他们却早已发过许多崇圣的高论，可惜现在从日报变了月刊，实在有些萎缩现象了。至于“其于君臣之伦。另下新解”，“《亚洲学术杂志》议其牵强附会。必以君为帝王”，实在并不错，这才可以算得“新文化之反应”，而吴君又以为“则过矣”，那可是自己“则过矣”了。因为时代的关系，那时的君，当然是帝王而不是大总统。又如民国以前的议论，也因为时代的关系，自然多含革命的精神，《国粹学报》便是其一，而吴君却怪他谈学术而兼涉革命，也就是过于“融合”了时间的先后的原因。

此外还有一个太没见识处，就是遗漏了《长青》《红》《快活》《礼拜六》等近顷风起云涌的书报，这些实在都是“新文化运动的反应”，而且说“通妥白话”的。

十一月三日。

看镜有感

因为翻衣箱，翻出几面古铜镜子来，大概是民国初年初到北京时候买在那里的，“情随事迁”，全然忘却，宛如见了隔世的东西了。

一面圆径不过二寸，很厚重，背面满刻蒲陶，还有跳跃的鼯鼠，沿边是一圈小飞禽。古董店家都称为“海马葡萄镜”。但我的一面并无海马，其实和名称不相当。记得曾见过别一面，是有海马的，但贵极，没有买。这些都是汉代的镜子；后来也有模造或翻沙者，花纹可造粗拙得多了。汉武通大宛安息，以致天马蒲萄，大概当时是视为盛事的，所以便取作什器的装饰。古时，于外来物品，每加海字，如海榴、海红花、海棠之类。海即现在之所谓洋，海马译成今文，当然就是洋马。镜鼻是一个虾蟆，则因为镜如满月，月中有蟾蜍之故，和汉事不相干了。

遥想汉人多少闳放，新来的动植物，即毫不拘忌，来充装饰的花纹。唐人也还不算弱，例如汉人的墓前石兽，多是羊、虎、天禄、辟邪，而长安的昭陵上，却刻着带箭的骏马，还有一匹驼鸟，则办法简直前无古人。现今在坟墓上不待言，即平常的绘画，可有人敢用一朵洋花一只洋鸟，即私人的印章，可有人肯用一个草书一个俗字么？许多雅人，连记年月也必是甲子，怕用民国纪元。不知道是没有如此大胆的艺术家；还是虽有而民众都加迫害，他于是乎只得萎缩，死掉了？

宋的文艺，现在似的国粹气味就熏人。然而辽金元陆续进来了，这消息很耐寻味。汉唐虽然也有边患，但魄力究竟雄大，人民具有不至于为异族奴隶的自信心，或者竟毫未想到，凡取用外来事物的时候，就如将彼俘来一样，自由驱使，绝不介怀。一到衰弊陵夷之际，神经可就衰弱过敏了，每遇外国东西，便觉得仿佛彼来俘我一样，推拒，惶恐，退缩，逃避，抖成一团，又必想一篇道理来掩饰，而国粹遂成为孱王和孱奴的宝贝。

无论从那里来的，只要是食物，壮健者大抵就无需思索，承认是吃的东西。惟有衰病的，却总常想到害胃，伤身，特有许多禁条，许多避忌；还有一大套比较利害而终于不得要领的理由，例如吃固无妨，而不吃尤稳，食之或当有益，然究以不吃为宜云云之类。但这一类人物总要日见其衰弱的，因为他终日战战兢兢，自己先已失了活气了。

不知道南宋比现今如何，但对外敌，却明明已经称臣，惟独在国内特多繁文缛节以及唠叨的碎话。正如倒霉人物，偏多忌讳一般，豁达闳大之风消歇净尽了。直到后来，都没有什么大变化。我曾在古物陈列所所陈列的古画上看见一颗印文，是几个罗马字母。但那是所谓“我圣祖仁皇帝”的印，是征服了汉族的主人，所以他敢；汉族的奴才是不敢的。便是现在，便是艺术家，可有敢用洋文的印的么？

清顺治中，时宪书上印有“依西洋新法”五个字，痛哭流涕来劾洋人汤若望的偏是汉人杨光先。直到康熙初，争胜了，就教他做钦天监正去，则又叩阍以“但知推步之理不知推步之数”辞。不准辞，则又痛哭流涕地来做《不得已》，说道“宁可使中夏无好历法，不可使中夏有西洋人”。然而终于连闰月都算错了，他大约以为好历法专属于西洋人，中夏人自己是学不得，也学不好的。但他竟论了大辟，可是没有杀，放归，死于途中了。汤若望入中国还在明崇祯初，其法终未见用；后来阮元论之曰：“明季君臣以大统寖疏，开局修正，既知新法之密，而讫未施行。圣朝定鼎，以其法造时宪书，颁行天下。彼十余年辩论翻译之劳，若以备我朝之采用者，斯亦奇矣！……我国家圣圣相传，用人行政，惟求其是，而不先设成心。即是一端，可以仰见如天之度量矣！”（《畴人传》四十五）

现在流传的古镜们，出自塚中者居多，原是殉葬品。但我也有一面日用镜，薄而且大，规抚汉制，也许是唐代的东西。那证据是：一，镜鼻已多磨损；二，镜面的沙眼都用别的铜来补好了。当时在妆阁中，曾照唐人的额黄和眉绿，现在却监禁在我的衣箱里，它或者大有今昔之感罢。

但铜镜的供用，大约道光咸丰时候还与玻璃镜并行；至于穷乡僻壤，也许至今还用着。我们那里，则除了婚丧仪式之外，全被玻璃镜驱逐了。然而也还有余烈可寻，倘街头遇见一位老翁，肩了长櫈似的东西，上面缚着一块猪肝色石和一块青色石，试伫听他的叫喊，就是“磨镜，磨剪刀！”

宋镜我没有见过好的，什九并无藻饰，只有店号或“正其衣冠”等类的迂铭词，真是“世风日下”。但是要进步或不退步，总须时时自出新裁，至少也必取材异域，倘若各种顾忌，各种小心，各种唠叨，这么做即违了祖宗，那么做又像了夷狄，终生惴惴如在薄冰上，发抖尚且来不及，怎么会做出好东西来。所以事实上“今不如古”者，正因为有许多唠叨着“今不如古”的诸位先生们之故。现在情形还如此。倘再不放开度量，大胆地，无畏地，将新文化尽量地吸收，则杨光先似的向西洋主人沥陈中夏的精神文明的时候，大概是不劳久待的罢。

但我向来没有遇见过一个排斥玻璃镜子的人。单知道咸丰年间，汪曰桢先生却在他的大著《湖雅》里攻击过的。他加以比较研究之后，终于决定还是铜镜好。最不可解的是：他说，照起面貌来，玻璃镜不如铜镜之准确。莫非那时的玻璃镜当真坏到如此，还是因为他老先生又带上了国粹眼镜之故呢？我没有见过古玻璃镜。这一点终于猜不透。

一九二五年二月九日。

忽然想到

六

外国的考古学者们联翩而至了。

久矣夫，中国的学者们也早已口口声声的叫着“保古！保古！保古！……”

但是不能革新的人种，也不能保古的。

所以，外国的考古学者们便联翩而至了。

长城久成废物，弱水也似乎不过是理想上的东西。老大的国民尽钻在僵硬的传统里，不肯变革，衰朽到毫无精力了，还要自相残杀。于是外面的生力军很容易地进来了，真是“匪今斯今，振古如兹”。至于他们的历史，那自然都没我们的那么古。

可是我们的古也就难保，因为土地先已危险而不安全。土地给了别人，则“国宝”虽多，我觉得实在也无处陈列。

但保古家还在痛骂革新，力保旧物地干：用玻璃板印些宋版书，每部定价几十几百元；“涅槃！涅槃！涅槃！”佛自汉时已入中国，其古色古香为何如哉！买集些旧书和金石，是劬古爱国之士，略作考证，赶印目录，就升为学者或高人。而外国人所得的古董，却每从高人的高尚的袖底里共清风一同流出。即不然，归安陆氏的皕宋，潍县陈氏的十钟，其子孙尚能世守否？

现在，外国的考古学者们便联翩而至了。

他们活有余力，则以考古，但考古尚可，帮同保古就更可怕了。有些外人，很希望中国永是一个大古董以供他们的赏鉴，这虽然可恶，却还不奇，因为他们究竟是外人。而中国竟也有自己还不够，并且要率领了少年，赤子，共成一个大古董以供他们的赏鉴者，则真不知是生着怎样的心肝。

中国废止读经了，教会学校不是还请腐儒做先生，教学生读《四书》么？民国废去跪拜了，犹太学校不是偏请遗老做先生，要学生磕头拜寿么？外国人办给中国人看的报纸，不是最反对五四以来的小改革么？而外国总主笔治下的中国小主笔，则倒是崇拜道学，保存国粹的！

但是，无论如何，不革新，是生存也为难的，而况保古。现状就是铁证，比保古家的万言书有力得多。

我们目下的当务之急，是：一要生存，二要温饱，三要发展。苟有阻碍这前途者，无论是古是今，是人是鬼，是《三坟》《五典》，百宋千元，天球河图，金人玉佛，祖传丸散，秘制膏丹，全都踏倒他。

保古家大概总读过古书，“林回弃千金之璧，负赤子而趋”，该不能说是禽兽行为罢。那么，弃赤子而抱千金之璧的是什么？

四月十八日。

春末闲谈

北京正是春末，也许我过于性急之故罢，觉着夏意了，于是突然记起故乡的细腰蜂。那时候大约是盛夏，青蝇密集在凉棚索子上，铁黑色的细腰蜂就在桑树间或墙角的蛛网左近往来飞行，有时衔一支小青虫去了，有时拉一个蜘蛛。青虫或蜘蛛先是抵抗着不肯去，但终于之力，被衔着腾空而去了，坐了飞机似的。

老前辈们开导我，那细腰蜂就是书上所说的果蠃，纯雌无雄，必须捉螟蛉去做继子的。她将小青虫封在窠里，自己在外面日日夜夜敲打着，祝道“像我像我”，经过若干日，—— 我记不清了，大约七七四十九日罢，—— 那青虫也就成了细腰蜂了，所以《诗经》里说：“螟蛉有子，果蠃负之。”螟蛉就是桑上小青虫。蜘蛛呢？他们没有提。我记得有几个考据家曾经立过异说，以为她其实自能生卵；其捉青虫，乃是填在窠里，给孵化出来的幼蜂做食料的。但我所遇见的前辈们都不采用此说，还道是拉去做女儿。我们为存留天地间的美谈起见，倒不如这样好。当长夏无事，遣暑林阴，瞥见二虫一拉一拒的时候，便如睹慈母教女，满怀好意，而青虫的宛转抗拒，则活像一个不识好歹的毛鸦头。

但究竟是夷人可恶，偏要讲什么科学。科学虽然给我们许多惊奇，但也搅坏了我们许多好梦。自从法国的昆虫学大家发勃耳（Fabre）仔细观察之后，给幼蜂做食料的事可就证实了。而且，这细腰蜂不但是普通的凶手，还是一种很残忍的凶手，又是一个学识技术都极高明的解剖学家。她知道青虫的神经构造和作用，用了神奇的毒针，向那运动神经球上只一螫，它便麻痹为不死不活状态，这才在它身上生下蜂卵，封入窠中。青虫因为不死不活，所以不动，但也因为不活不死，所以不烂，直到她的子女孵化出来的时候，这食料还和被捕当日一样的新鲜。

三年前，我遇见神经过敏的俄国的E君，有一天他忽然发愁道，不知道将来的科学家，是否不至于发明一种奇妙的药品，将这注射在谁的身上，则这人即甘心永远去做服役和战争的机器了？那时我也就皱眉叹息，装作一齐发愁的模样，以示“所见略同”之至意，殊不知我国的圣君，贤臣，圣贤，圣贤之徒，却早已有过这一种黄金世界的理想了。不是“唯辟作福，唯辟作威，唯辟玉食”么？不是“君子劳心，小人劳力”么？不是“治于人者食（去声）人，治人者食于人”么？可惜理论虽已卓然，而终于没有发明十全的好方法。要服从作威就须不活，要贡献玉食就须不死；要被治就须不活，要供养治人者又须不死。人类升为万物之灵，自然是可贺的，但没有了细腰蜂的毒针，却很使圣君，贤臣，圣贤，圣贤之徒，以至现在的阔人，学者，教育家觉得棘手。将来未可知，若已往，则治人者虽然尽力施行过各种麻痹术，也还不能十分奏效，与果赢并驱争先。即以皇帝一伦而言，便难免时常改姓易代，终没有“万年有道之长”；《二十四史》而多至二十四，就是可悲的铁证。现在又似乎有些别开生面了，世上挺生了一种所谓“特殊知识阶级”的留学生，在研究室中研究之结果，说医学不发达是有益于人种改良的，中国妇女的境遇是极其平等的，一切道理都已不错，一切状态都已够好。E 君的发愁，或者也不为无因罢，然而俄国是不要紧的，因为他们不像我们中国，所谓“特别国情”，还有所谓“特殊知识阶级”。

但这种工作，也怕终于像古人那样，不能十分奏效的罢，因为这实在比细腰蜂所做的要难得多。她于青虫，只须不动，所以仅在运动神经球上一螫，即告成功。而我们的工作，却求其能运动，无知觉，该在知觉神经中枢，加以完全的麻醉的。但知觉一失，运动也就随之失却主宰，不能贡献玉食，恭请上自“极峰”下至“特殊知识阶级”的赏收享用了。就现在而言，窃以为除了遗老的圣经贤传法，学者的进研究室主义，文学家和茶摊老板的莫谈国事律，教育家的勿视勿听勿言勿动论之外，委实还没有更好，更完全，更无流弊的方法。便是留学生的特别发见，其实也并未轶出了前贤的范围。

那么，又要“礼失而求诸野”了。夷人，现在因为想去取法，姑且称之为外国，他那里，可有较好的法子么？可惜，也没有。所有者，仍不外乎不准集会，不许开口之类，和我们中华并没有什么很不同。然亦可见至道嘉猷，人同此心，心同此理，固无华夷之限也。猛兽是单独的，牛羊则结队；野牛的大队，就会排角成城以御强敌了，但拉开一匹，定只能牟牟地叫。人民与牛马同流，——此就中国而言，夷人别有分类法云，——治之之道，自然应该禁止集合：这方法是对的。其次要防说话。人能说话，已经是祸胎了，而况有时还要做文章。所以苍颉造字，夜有鬼哭。鬼且反对，而况于官？猴子不会说话，猴界即向无风潮，——可是猴界中也没有官，但这又作别论，——确应该虚心取法，反朴归真，则口且不开，文章自灭：这方法也是对的。然而上文也不过就理论而言，至于实效，却依然是难说。最显著的例，是连那么专制的俄国，而尼古拉二世“龙御上宾”之后，罗马诺夫氏竟已“复宗绝祀”了。要而言之，那大缺点就在虽有二大良法，而还缺其一，便是：无法禁止人们的思想。

于是我们的造物主——假如天空真有这样的一位“主子”——就可恨了：一恨其没有永远分清“治者”与“被治者”；二恨其不给治者生一枝细腰蜂那样的毒针；三恨其不将被治者造得即使砍去了藏着的思想中枢的脑袋而还能动作——服役。三者得一，阔人的地位即永久稳固，统御也永久省了气力，而天下于是乎太平。今也不然，所以即使单想高高在上，暂时维持阔气，也还得日施手段，夜费心机，实在不胜其委屈劳神之至……

假使没有了头颅，却还能做服役和战争的机械，世上的情形就何等地醒目呵，这时再不必用什么制帽勋章来表明阔人和窄人了，只要一看头之有无，便知道主奴，官民，上下，贵贱的区别。并且也不至于再闹什么革命，共和，会议等等的乱子了，单是电报，就要省下许多许多来。古人毕竟聪明，仿佛早想到过这样的东西，《山海经》上就记载着一种名叫“刑天”的怪物。他没有了能想的头，却还活着，“以乳为目，以脐为口”，—— 这一点想得很周到，否则他怎么看，怎么吃呢，—— 实在是很值得奉为师法的。假使我们的国民都能这样，阔人又何等安全快乐？但他又“执干戚而舞”，则似乎还是死也不肯安分，和我那专为阔人图便利而设的理想底好国民又不同。陶潜先生又有诗道：“刑天舞干戚，猛志固常在。”连这位貌似旷达的老隐士也这么说，可见无头也会仍有猛志，阔人的天下一时总怕难得太平的了。但有了太多的“特殊知识阶级”的国民，也许有特在例外的希望；况且精神文明太高了之后，精神的头就会提前飞去，区区物质的头的有无也算不得什么难问题。

一九二五年四月二十二日。

十四年的“读经”

自从章士钊主张读经以来，论坛上又很出现了一些论议，如谓经不必尊，读经乃是开倒车之类。我以为这都是多事的，因为民国十四年的“读经”，也如民国前四年，四年，或将来的二十四年一样，主张者的意思，大抵并不如反对者所想像的那么一回事。

尊孔，崇儒，专经，复古，由来已经很久了。皇帝和大臣们，向来总要取其一端，或者“以孝治天下”，或者“以忠诏天下”，而且又“以贞节励天下”。但是，二十四史不现在么？其中有多少孝子，忠臣，节妇和烈女？自然，或者是多到历史上装不下去了；那么，去翻专夸本地人物的府县志书去。我可以说，可惜男的孝子和忠臣也不多的，只有节烈的妇女的名册却大抵有一大卷以至几卷。孔子之徒的经，真不知读到那里去了；倒是不识字的妇女们能实践。还有，欧战时候的参战，我们不是常常自负的么？但可曾用《论语》感化过德国兵，用《易经》咒翻了潜水艇呢？儒者们引为劳绩的，倒是那大抵目不识丁的华工！

所以要中国好，或者倒不如不识字罢，一识字，就有近乎读经的病根了。“瞰亡往拜”“出疆载质”的最巧玩艺儿，经上都有，我读熟过的。只有几个胡涂透顶的笨牛，真会诚心诚意地来主张读经。而且这样的脚色，也不消和他们讨论。他们虽说什么经，什么古，实在不过是空嚷嚷。问他们经可是要读到像颜回，子思，孟轲，朱熹，秦桧（他是状元），王守仁，徐世昌，曹锟；古可是要复到像清（即所谓“本朝”），元，金，唐，汉，禹汤文武周公，无怀氏，葛天氏？他们其实都没有定见。他们也知不清颜回以至曹锟为人怎样，“本朝”以至葛天氏情形如何；不过像苍蝇们失掉了垃圾堆，自不免嗡嗡地叫。况且既然是诚心诚意主张读经的笨牛，则决无钻营，取巧，献媚的手段可知，一定不会阔气；他的主张，自然也决不会发生什么效力的。

至于现在的能以他的主张，引起若干议论的，则大概是阔人。阔人决不是笨牛，否则，他早已伏处牖下，老死田间了。现在岂不是正值“人心不古”的时候么？则其所以得阔之道，居然可知。他们的主张，其实并非那些笨牛一般的真主张，是所谓别有用意；反对者们以为他真相信读经可以救国，真是“谬以千里”了！

我总相信现在的阔人都是聪明人；反过来说，就是倘使老实，必不能阔是也。至于所挂的招牌是佛学，是孔道，那倒没有什么关系。总而言之，是读经已经读过了，很悟到一点玩意儿，这种玩意儿，是孔二先生的先生老聃的大著作里就有的，此后的书本子里还随时可得。所以他们都比不识字的节妇，烈女，华工聪明；甚而至于比真要读经的笨牛还聪明。何也？曰："学而优则仕"故也。倘若"学"而不"优"，则以笨牛没世，其读经的主张，也不为世间所知。

孔子岂不是"圣之时者也"么，而况"之徒"呢？现在是主张"读经"的时候了。武则天做皇帝，谁敢说"男尊女卑"？多数主义虽然现称过激派，如果在列宁治下，则共产之合于葛天氏，一定可以考据出来的。但幸而现在英国和日本的力量还不弱，所以，主张亲俄者，是被卢布换去了良心。

我看不见读经之徒的良心怎样，但我觉得他们大抵是聪明人，而这聪明，就是从读经和古文得来的。我们这曾经文明过而后来奉迎过蒙古人满洲人大驾了的国度里，古书实在太多，倘不是笨牛，读一点就可以知道，怎样敷衍，偷生，献媚，弄权，自私，然而能够假借大义，窃取美名。再进一步，并可以悟出中国人是健忘的，无论怎样言行不符，名实不副，前后矛盾，撒诳造谣，蝇营狗苟，都不要紧，经过若干时候，自然被忘得干干净净；只要留下一点卫道模样的文字，将来仍不失为"正人君子"。况且即使将来没有"正人君子"之称，于目下的实利又何损哉？

这一类的主张读经者，是明知道读经不足以救国的，也不希望人们都读成他自己那样的；但是，耍些把戏，将人们作笨牛看则有之，"读经"不过是这一回耍把戏偶尔用到的工具。抗议的诸公倘若不明乎此，还要正经老实地来评道理，谈利害，那我可不再客气，也要将你们归入诚心诚意主张读经的笨牛类里去了。

以这样文不对题的话来解释“伻乎其然”的主张，我自己也知道有不恭之嫌，然而我又自信我的话，因为我也是从“读经”得来的。我几乎读过十三经。

衰老的国度大概就免不了这类现象。这正如人体一样，年事老了，废料愈积愈多，组织间又沉积下矿质，使组织变硬，易就于灭亡。“一面，则原是养卫人体的游走细胞（Wanderzelle）渐次变性，只顾自己，只要组织间有小洞，它便钻，蚕食各组织，各组织耗损，易就于灭亡。俄国有名的医学者梅契尼珂夫（Elias Metschnikov）特地给他别立了一个名目：大嚼细胞（Fresserzelle）。据说，必须扑灭了这些，人体才免于老衰；要扑灭这些，则须每日服用一种酸性剂。他自己就实行着。”

古国的灭亡，就因为大部分的组织被太多的古习惯教养得硬化了，不再能够转移，来适应新环境。若干分子又被太多的坏经验教养得聪明了，于是变性，知道在硬化的社会里，不妨妄行。单是妄行的是可与论议的，故意妄行的却无须再与谈理。“惟一的疗救，是在另开药方：酸性剂，或者简直是强酸剂。”

“不提防临末又提到了一个俄国人，怕又有人要疑心我收到卢布了罢。我现在郑重声明：我没有收过一张纸卢布。因为俄国还未赤化之前，他已经死掉了，是生了别的急病，和他那正在实验的药的有效与否这问题无干。”

十一月十八日。

这个与那个

一 读经与读史

一个阔人说要读经，嗡的一阵一群狭人也说要读经。岂但“读”而已矣哉，据说还可以“救国”哩。“学而时习之，不亦说乎？”那也许是确凿的罢，然而甲午战败了，——为什么独独要说“甲午”呢，是因为其时还在开学校，废读经以前。

我以为伏案还未功深的朋友，现在正不必埋头来哼线装书。倘其咿唔日久，对于旧书有些上瘾了，那么，倒不如去读史，尤其是宋朝明朝史，而且尤须是野史；或者看杂说。

现在中西的学者们，几乎一听到“钦定四库全书”这名目就魂不附体，膝弯总要软下来似的。其实呢，书的原式是改变了，错字是加添了，甚至于连文章都删改了，最便当的是《琳琅秘室丛书》

中的两种《茅亭客话》，一是宋本，一是四库本，一比较就知道。“官修”而加以“钦定”的正史也一样，不但本纪咧，列传咧，要摆“史架子”；里面也不敢说什么。据说，字里行间是也含着什么褒贬的，但谁有这么多的心眼儿来猜闷壶卢。至今还道“将平生事迹宣付国史馆立传”，还是算了罢。

野史和杂说自然也免不了有讹传，挟恩怨，但看往事却可以较分明，因为它究竟不像正史那样地装腔作势。看宋事，《三朝北盟汇编》已经变成古董，太贵了，新排印的《宋人说部丛书》却还便宜。明事呢，《野获编》原也好，但也化为古董了，每部数十元；易于入手的是《明季南北略》，《明季稗史汇编》，以及新近集印的《痛史》。

史书本来是过去的陈帐簿，和急进的猛士不相干。但先前说过，倘若还不能忘情于咿唔，倒也可以翻翻，知道我们现在的情形，和那时的何其神似，而现在的昏妄举动，胡涂思想，那时也早已有过，并且都闹糟了。

试到中央公园去，大概总可以遇见祖母带着她孙女儿在玩的。这位祖母的模样，就预示着那娃儿的将来。所以倘有谁要预知令夫人后日的丰姿，也只要看丈母。不同是当然要有些不同的，但总归相去不远。我们查帐的用处就在此。

但我并不说古来如此，现在遂无可为，劝人们对于“过去”生敬畏心，以为它已经铸定了我们的运命。Le Bon先生说，死人之力比生人大，诚然也有一理的，然而人类究竟进化着。又据章士钊总长说，则美国的什么地方已在禁讲进化论了，这实在是吓死我也，然而禁只管禁，进却总要进的。

总之：读史，就愈可以觉悟中国改革之不可缓了。虽是国民性，要改革也得改革，否则，杂史杂说上所写的就是前车。一改革，就无须怕孙女儿总要像点祖母那些事，譬如祖母的脚是三角形，步履维艰的，小姑娘的却是天足，能飞跑；丈母老太太出过天花，脸上有些缺点的，令夫人却种的是牛痘，所以细皮白肉：这也就大差其远了。

十二月八日。

学界的三魂

从《京报副刊》上知道有一种叫《国魂》的期刊，曾有一篇文章说章士钊固然不好，然而反对章士钊的“学匪”们也应该打倒。我不知道大意是否真如我所记得？但这也没有什么关系，因为不过引起我想到一个题目，和那原文是不相干的。意思是，中国旧说，本以为人有三魂六魄，或云七魄；国魂也该这样。而这三魂之中，似乎一是“官魂”，一是“匪魂”，还有一个是什么呢？也许是“民魂”罢，我不很能够决定。又因为我的见闻很偏隘，所以未敢悉指中国全社会，只好缩而小之曰“学界”。

中国人的官瘾实在深，汉重孝廉而有埋儿刻木，宋重理学而有高帽破靴，清重帖括而有“且夫”“然则”。总而言之：那魂灵就在做官，——行官势，摆官腔，打官话。顶着一个皇帝做傀儡，得罪了官就是得罪了皇帝，于是那些人就得了雅号曰“匪徒”。学界的打官话是始于去年，凡反对章士钊的都得了“土匪”“学匪”“学棍”的称号，但仍然不知道从谁的口中说出，所以还不外乎一种“流言”。

但这也足见去年学界之糟了，竟破天荒的有了学匪。以大点的国事来比罢，太平盛世，是没有匪的；待到群盗如毛时，看旧史，一定是外戚，宦官，奸臣，小人当国，即使大打一通官话，那结果也还是“呜呼哀哉”。当这“呜呼哀哉”之前，小民便大抵相率而为盗，所以我相信源增先生的话：“表面上看只是些土匪与强盗，其实是农民革命军。”（《国民新报副刊》四三）那么，社会不是改进了么？并不，我虽然也是被谥为“土匪”之一，却并不想为老前辈们饰非掩过。农民是不来夺取政权的，源增先生又道：“任三五热心家将皇帝推倒，自己过皇帝瘾去。”但这时候，匪便被称为帝，除遗老外，文人学者却都来恭维，又称反对他的为匪了。

所以中国的国魂里大概总有这两种魂：官魂和匪魂。这也并非硬要将我辈的魂挤进国魂里去，贪图与教授名流的魂为伍，只因为事实仿佛是这样。社会诸色人等爱看《双官诰》，也爱看《四杰村》，望偏安巴蜀的刘玄德成功，也愿意打家劫舍的宋公明得法；至少，是受了官的恩惠时候则艳羡官僚，受了官的剥削时候便同情匪类。但这也是人情之常；倘使连这一点反抗心都没有，岂不就成为万劫不复的奴才了？

然而国情不同，国魂也就两样。记得在日本留学时候，有些同学问我在中国最有大利的买卖是什么，我答道：“造反。”他们便大骇怪。在万世一系的国度里，那时听到皇帝可以一脚踢落，就如我们听说父母可以一棒打杀一般。为一部分士女所心悦诚服的李景林先生，可就深知此意了，要是报纸上所传非虚。今天的《京报》即载着他对某外交官的谈话道：“予预计于旧历正月间，当能与君在天津晤谈；若天津攻击竟至失败，则拟俟三四月间卷土重来，若再失败，则暂投土匪，徐养兵力，以待时机”云。但他所希望的不是做皇帝，那大概是因为中华民国之故罢。

所谓学界，是一种发生较新的阶级，本该可以有将旧魂灵略加湔洗之望了，但听到“学官”的官话，和“学匪”的新名，则似乎还走着旧道路。那末，当然也得打倒的。这来打倒他的是“民魂”，是国魂的第三种。先前不很发扬，所以一闹之后，终不自取政权，而只“任三五热心家将皇帝推倒，自己过皇帝瘾去”了。

惟有民魂是值得宝贵的，惟有他发扬起来，中国才有真进步。但是，当此连学界也倒走旧路的时候，怎能轻易地发挥得出来呢？在乌烟瘴气之中，有官之所谓“匪”和民之所谓匪；有官之所谓“民”和民之所谓“民”；有官以为“匪”而其实是真的国民，有官以为“民”而其实是衙役和马弁。所以貌似“民魂”的，有时仍不免为“官魂”，这是鉴别魂灵者所应该十分注意的。

话又说远了，回到本题去。去年，自从章士钊提了“整顿学风”的招牌，上了教育总长的大任之后，学界里就官气弥漫，顺我者“通”，逆我者“匪”，官腔官话的余气，至今还没有完。但学界却也幸而因此分清了颜色；只是代表官魂的还不是章士钊，因为上头还有“减膳”执政在，他至多不过做了一个官魄；现在是在天津“徐养兵力，以待时机”了。我不看《甲寅》,不知道说些什么话:官话呢,匪话呢,民话呢，衙役马弁话呢？……

一月二十四日。

四库全书珍本

丰之余

现在除兵争，政争等类之外，还有一种倘非闲人，就不大注意的影印《四库全书》中的“珍本”之争。官商要照原式，及早印成，学界却以为库本有删改，有错误，如果有别本可得，就应该用别的“善本”来替代。

但是，学界的主张，是不会通过的，结果总非依照《钦定四库全书》不可。这理由很分明，就因为要赶快。四省不见，九岛出脱，不说也罢，单是黄河的出轨举动，也就令人觉得岌岌乎不可终日，要做生意就得赶快。况且“钦定”二字，至今也还有一定威光，“御医”“贡缎”，就是与众不同的意思。便是早已共和了的法国，拿破仑的藏书在拍卖场上还是比平民的藏书值钱；欧洲的有些著名的“支那学者”，讲中国就会引用《钦定图书集成》，这是中国的考据家所不肯玩的玩艺。但是，也可见印了“钦定”过的“珍本”，在外国，生意总可以比“善本”好一些。

即使在中国，恐怕生意也还是“珍本”好。因为这可以做摆饰，而“善本”却不过能合于实用。能买这样的书的，决非穷措大也可想，则买去之后，必将供在客厅上也亦可知。这类的买主，会买一个商周的古鼎，摆起来；不得已时，也许买一个假古鼎，摆起来；但他决不肯买一个沙锅或铁镬，摆在紫檀桌子上。因为他的目的是在“珍”而并不在“善”，更不在是否能合于实用的。

明末人好名，刻古书也是一种风气，然而往往自己看不懂，以为错字，随手乱改。不改尚可，一改，可就反而改错了，所以使后来的考据家为之摇头叹气，说是“明人好刻古书而古书亡”。这回的《四库全书》中的“珍本”是影印的，决无改错的弊病，然而那原本就有无意的错字，有故意的删改，并且因为新本的流布，更能使善本湮没下去，将来的认真的读者如果偶尔得到这样的本子，恐怕总免不了要有摇头叹气第二回。

然而结果总非依照《钦定四库全书》不可。因为“将来”的事，和现在的官商是不相干了。

八月二十四日。

古书中寻活字汇

罗 忼

古书中寻活字汇，是说得出，做不到的，他在那古书中，寻不出一个活字汇。

假如有“可看《文选》的青年”在这里，就是高中学生中的几个罢，他翻开《文选》来，一心要寻活字汇，当然明知道那里面有些字是已经死了的。然而他怎样分别那些字的死活呢？大概只能以自己的懂不懂为标准。但是，看了六臣注之后才懂的字不能算，因为这原是死尸，由六臣背进他脑里，这才算是活人的，在他脑里即使复活了，在未“可看《文选》的青年”的眼前却还是死家伙。所以他必须看白文。

诚然，不看注，也有懂得的，这就是活字汇。然而他怎会先就懂得的呢？这一定是曾经在别的书上看见过，或是到现在还在应用的字汇，所以他懂得。那么，从一部《文选》里，又寻到了什么？

然而施先生说，要描写宫殿之类的时候有用处。这很不错，《文选》里有许多赋是讲到宫殿的，并且有什么殿的专赋。倘有青年要做汉晋的历史小说，描写那时的宫殿，找《文选》是极应该的，还非看《四史》《晋书》之类不可。然而所取的僻字也不过将死尸抬出来，说得神秘点便名之曰“复活”。如果要描写的是清故宫，那可和《文选》的瓜葛就极少了。

倘使连清故宫也不想描写，而豫备工夫却用得这么广泛，那实在是徒劳而仍不足。因为还有《易经》和《仪礼》，里面的字汇，在描写周朝的卜课和婚丧大事时候是有用处的，也得作为“文学修养之根基”，这才更像“文学青年”的样子。

十一月六日。